ELMINSTER,
LA JEUNESSE D'UN MAGE

LES ROYAUMES OUBLIÉS
AU FLEUVE NOIR

ELMINSTER, LA JEUNESSE D'UN MAGE

par

ED GREENWOOD

Couverture de
JEFF EASLEY

FLEUVE NOIR

Titre original :
Elminster, the Making of a Mage

Traduit de l'américain
par Michèle Zachayus

Collection dirigée par Patrice Duvic
et
Jacques Goimard

© 1994, 1997 TSR, Inc. Tous droits réservés.
TSR Stock N°. 8548P
ISBN : 2-265-06213-8
ISSN : 1257-9920

PRÉLUDE

— Bien sûr, seigneur Mourngrym, il est dans son étude, dit Lhaeo, désignant l'escalier, une spatule dégoulinante de sauce jalanth à la main. Vous connaissez le chemin.

Mourngrym remercia le scribe d'Elminster et grimpa quatre à quatre les marches poussiéreuses. Les instructions du vieux mage avaient été fort...

Il fit halte devant une première porte ; des volutes de fumée l'auréolaient — avec une certaine malice, semblait-il. Dans la pièce douillette, il découvrit les étagères bondées, le tapis élimé, le siège confortable...

La pipe d'Elminster flottait au-dessus d'une table.

Du mage, il n'y avait nulle trace.

Haussant les épaules, Mourngrym fonça à l'étage supérieur, et entra dans la salle des sortilèges. Sur le sol scintillait un cercle blanc. La pièce était vide.

Le seigneur de Valombre hésita avant de continuer. Jamais encore il n'avait osé déranger le vieux mage dans sa chambre à coucher, mais...

Par la porte entrebâillée, Mourngrym risqua un coup d'œil ; sa main vola sur la garde de son épée. Immuables, les étoiles dansaient au-dessus d'un immense lit sphérique. La poussière attestait que personne n'y avait récemment dormi. La pièce était aussi vide et froide que les autres. A moins de s'être rendu invisible, ou transformé en grimoire, Elminster n'était pas dans sa tour.

La nuque hérissée, le seigneur scruta les lieux. Le mage pouvait être n'importe où, en des mondes dont seuls les dieux et lui connaissaient l'existence. Mourngrym fronça les sourcils... puis il haussa les épaules. Après tout, hormis les Sept Sœurs, qui dans les Royaumes pouvait se vanter de connaître les plans d'Elminster, ou son passé ?

A propos, d'où venait l'illustre mage ? Avait-il jamais été jeune ? Comment était le monde alors ?

Perdu dans ses réflexions, le seigneur de Valombre descendit rejoindre Lhaeo.

Devenir un formidable enchanteur avait dû être exaltant...

PROLOGUE

L'heure du Jeté de Manteau avait sonné : la déesse Shar drapait le ciel de sa noirceur. La journée avait été fraîche ; la nuit promettait clarté et froideur. Les dernières lueurs du crépuscule jouaient dans la chevelure d'une cavalière venue de l'ouest.

Ses grands yeux aux sourcils arqués brillaient d'une vive intelligence détonnant avec sa mine sage et réservée. Etait-ce la force de sa personnalité ou sa beauté, mais la plupart des hommes n'osaient pas regarder plus loin que les tresses couleur miel brun encadrant un joli visage au teint laiteux.

Les reines lui enviaient sa beauté.

Pourtant, ce soir-là, la tristesse se lisait dans ses yeux. Au printemps, des incendies avaient ravagé la contrée. La luxuriance de la forêt Halangorn n'était plus qu'un souvenir.

Quelque part au nord, un loup hurla. Un autre lui répondit, plus près. La cavalière n'en eut cure. Des patrouilles armées jusqu'aux dents sillonnaient la région. L'eût-on vu galoper ainsi qu'on n'aurait pas été au bout de ses surprises : sous sa cape claquant au vent, aucune lame ne battait son flanc.

Une patrouille l'aurait jugée folle, ou prise pour une sorcière, et aurait tiré aussitôt l'épée.

Une sage réaction...

Comme l'indiquait le bijou argenté, sur sa cape, il

s'agissait de Myrjala dite « Œil Noir », une femme redoutable de férocité. Pourtant, beaucoup de fermiers et de citadins l'aimaient. Les seigneurs, eux, ne la portaient pas dans leur cœur. Ne l'avait-on point vue, ouragan de la vengeance, balayer de cruels barons et de félons chevaliers comme autant de fétus de paille ? Leurs corps calcinés avaient été de sombres avertissements pour leurs émules.

Dans certaines contrées, Myrjala était décidément *persona non grata*.

Tirant sur ses rênes, elle se tourna sur sa selle ; d'un mot, elle transforma sa cape verte en un vêtement couleur feuille-morte. Le bijou magique devint une vulgaire broche.

Puis les longues boucles de la belle noircirent et raccourcirent pour lui arriver à hauteur d'épaules — des épaules soudain carrées et musclées. Du paquetage sanglé sur la croupe du cheval, des mains d'homme sortirent une épée rangée dans son fourreau. Ainsi paré, l'individu arrangea les plis de sa cape pour mettre en évidence son écusson de héraut, et repartit au trot. Devant lui se dressait un château où festoyait un espion à la solde des sorciers décidés à s'emparer du trône du Cerf d'Athalantar.

Caressant sa barbe, l'homme éperonna son cheval. Là où une pluie de flèches et une levée de boucliers auraient « accueilli » une sorcière, un noble héraut était le bienvenu.

Les gardes allumaient des lampes quand des bruits de sabots de cheval résonnèrent sur le pont-levis. Grâce à son écusson et à son tabard, le nouveau venu fut accueilli avec déférence. Le chevalier de garde le pria de se hâter pour le festin :

— Soyez le bienvenu au château Morlin, si vous venez en paix. (Le héraut inclina la tête.) Le chemin est long depuis Tavaray. Vous devez avoir grand faim, ajouta-t-il, l'aidant à descendre de cheval.

— Je viens de plus loin, précisa le héraut, avant

d'entrer dans le château du pas alerte d'un homme connaissant son chemin, et sûr de son accueil.

Surpris, le chevalier le regarda s'éloigner. Un soldat lui glissa à l'oreille :

— Pas d'éperons... et pas d'écuyer ni d'escorte. Quelle sorte de héraut est-ce là ?

Le chevalier haussa les épaules.

— Si explication il y a, nous l'aurons assez tôt. Occupe-toi de son cheval.

Une autre surprise les attendait : la monture du héraut se tenait près d'eux, oreille dressée comme pour épier la conversation ! Reculant d'un pas, la bête fourra sa bride sous la main du soldat. Les deux hommes échangèrent un regard perplexe ; puis le soldat conduisit l'étrange cheval aux écuries.

Haussant les épaules, le chevalier s'en fut vaquer à ses occupations. Plus tard, les conversations iraient bon train dans la tour de guet. Non loin de là, un loup hurla à la mort. Les chevaux renâclèrent.

Soudain, à une fenêtre du château, apparut une lueur *magique*. Une terrible commotion s'ensuivit : on entendit le vacarme des tables et des couverts renversés avec fracas, puis des cris stridents et le rugissement des flammes.

Les clameurs des chevaliers, dans la cour, se joignirent au tumulte.

En réalité, le visiteur n'avait rien d'un héraut. Et à en croire le vacarme, les convives, cette nuit-là, n'étaient pas non plus ce qu'ils semblaient être.

Brandissant son épée, le chevalier voulut voler à la rescousse des nobles. Si Morlin tombait, victime des lanceurs de sorts, le roi Cerf serait-il le suivant ?

Et si *Athalantar* tombait, des décennies de tyrannie suivraient, avec leur escorte de ruines et de misère.

Alors, qui resterait-il pour s'opposer aux seigneurs mages ?

PREMIÈRE PARTIE

BRIGAND

CHAPITRE PREMIER

LE FEU DU DRAGON

Les dragons ? De splendides créatures, mon garçon... tant que tu les contemples sur une tapisserie, dans les sarabandes, ou à trois royaumes de distance...

Astragarl Cornebois, mage d'Elembar,
à un apprenti
Année de la Défense.

Le soleil écrasait les hauts pâturages. En contrebas, niché dans une forêt, un village était couvert de brumes aigue-marine — la magie du Peuple-Fée, disait-on...

Mais beaucoup, à Heldon, ne portaient pas les elfes dans leur cœur.

Elminster n'était pas du nombre. Il espérait en rencontrer un jour, se familiariser assez avec eux pour toucher leur peau satinée et leurs oreilles pointues, puis discuter à bâtons rompus. Jadis, ces bois leur avaient appartenu ; les elfes connaissaient encore les antres des bêtes sauvages et les secrets de la sylve.

Un jour, une fois adulte, Elminster en saurait tout autant ; le nez au vent, il irait où bon lui semblerait.

Calé contre son rocher favori, El surveillait d'un œil distrait les moutons qui paissaient près de là.

Puis, une fois encore, il tourna ses regards vers le sud. Chassant de son front des boucles rebelles noires, il garda une main en visière pour protéger ses yeux bleu-gris et s'efforcer d'apercevoir les tourelles d'Athalgard. Elles s'élevaient près du fleuve, au cœur de Hastarl. Comme toujours, il distinguait la brume bleutée délimitant les méandres du Delimbiyr — rien de plus.

Son père lui répétait souvent que le château était trop loin pour être visible. De temps à autre, il ajoutait que c'était une bonne chose.

Elminster brûlait de découvrir ce que ça cachait ; sur certains sujets, son père ne desserrait pas les lèvres. Pressé de questions par un adolescent trop curieux, il se contentait de le fixer de son intense regard gris.

Le jeune homme abhorrait les secrets — du moins ceux qui lui échappaient. Un jour, il percerait tous les mystères et verrait ce château, dont les ménestrels vantaient la splendeur.

Une brise légère caressait les herbes. C'était l'Année des Forêts Embrasées. Déjà, les nuits devenaient plus fraîches. Après six saisons passées à faire le berger, El savait que la chute des feuilles ne tarderait pas.

Il resserra sur ses épaules son justaucorps de cuir, jadis propriété d'un garde forestier. Sous une pièce rapportée, dans le dos, se voyait encore la déchirure causée par la flèche — elfique selon d'aucuns —, qui avait ôté la vie au malheureux. Sensible au parfum d'aventure qui s'en dégageait, Elminster portait le vieux vêtement avec panache.

Une ombre insolite lui fit lever les yeux ; il y eut un appel d'air. Elminster bondit... et vit, immenses dans les nues, des ailes comparables à celles d'une chauve-souris, qui propulsaient une créature de la taille d'une maison !

De longues pattes pliées sous un ventre interminable, un cou reptilien terminé par une gueule aux petits yeux luisant de cruauté, et des crocs aiguisés hauts comme un homme !

Un dragon !

Il fondait sur le berger pétrifié. Quelqu'un chevauchait le monstre !

Elminster croisa le regard malveillant du grand wyrm... et il fut hypnotisé.

Les griffes lacérèrent le roc, produisant un crissement de pierre fendue et une gerbe d'étincelles. Debout, le monstre faisait deux fois la taille de la plus haute tour du village ; un battement d'ailes assourdissant catapulta Elminster au milieu des moutons bêlant de terreur.

Une épaule froissée, le berger sentit que sa panique était contenue par un mur invisible... ; quelque chose bouillait dans ses veines...

La magie !

Il se releva. Elminster avait toujours espéré être témoin d'un prodige. Au lieu de l'euphorie dont il avait rêvé, il découvrit qu'il *détestait* ça. Son corps ne lui obéissait plus. La colère et la peur le prirent à la gorge.

Juché sur le roc tel un vautour plus grand qu'un château, le dragon avait posé la queue sur le versant occidental de la colline. Elminster déglutit. Le cavalier inconnu avait sauté à terre et tendait la main.

El éprouva toute l'horreur de son impuissance ; sa volonté était écrasée... Malgré lui, le jeune homme leva les yeux. Croiser le regard du dragon avait été terrible, sans être dépourvu de splendeur.

Celui de l'inconnu promettait la souffrance et la mort.

El parvint à regarder un peu de côté ; son ennemi avait le teint bistre. Un pendentif brillait sur sa poitrine glabre. Bien qu'ils fussent à demi cachés par une tunique vert sombre, El remarqua des tatouages.

L'inconnu portait aux oreilles des anneaux or et bleu. Elminster distingua une aura bleutée — celle de la magie. Son père l'avait imploré de ne jamais mentionner son don de détection. Le pendentif, les anneaux, la tenue et les tatouages étaient tous nimbés de cette aura. L'éclat magique crépitait particulièrement autour du bras que tendait l'homme.

C'était un sorcier.

— Comment se nomme ce village ?

— Heldon, répondit Elminster.

Le goût du sang lui monta à la bouche.

— Son seigneur s'y trouve-t-il ?

Elminster eut beau vouloir résister, une réponse affirmative lui échappa.

— Son nom ? continua le sorcier, resserrant son emprise.

Sa victime éprouva l'envie irrésistible de *tout* raconter.

— Elthryn.

— Décris-le.

— Il est de haute taille, mince, souriant, et il a toujours un...

— De quelle couleur sont ses cheveux ?

— Bruns, seigneur, tirant sur le gris pour les favoris et la barbe. Il...

Le sorcier fit un geste vif ; Elminster perdit le contrôle de ses mouvements, tourna les talons et courut en direction du ravin.

Trébuchant dans les herbes folles, il s'accrochait à sa maigre victoire : il avait tu la vérité.

Elthryn était son père.

Une maigre consolation, en vérité...

Quand il plongea contre sa volonté, le vide parut l'avaler.

Le vent siffla à ses oreilles.

Dans son écrin de brume, Athalantar semblait un véritable joyau.

Tandis qu'il tombait, Elminster sentit l'emprise du sorcier disparaître.

Il chercha le moyen de sauver sa vie.

Parfois, à force de volonté, il parvenait à déplacer les objets sans les toucher.

Parfois... Que les dieux l'entendent !

La lumière blanche qu'il appelait de tous ses vœux apparut, occultant le sol. Désespéré, El griffa l'air de ses ongles, comme si des ailes lui avaient poussé d'un coup.

Puis il atterrit dans un buisson d'épines avant de toucher la terre et la pierre... Pour tomber de nouveau.

Sur des rochers, cette fois.

El en eut le souffle coupé.

Les dieux et les déesses le gardent...

Le brouillard blanc s'estompa. Au-dessus du miraculé retentit un horrible craquement.

Quelque chose d'humide le dépassa et alla s'écraser au fond du ravin. Du sang vermeil constella les roches ; le soleil se voila. Elminster fit le mort. Ses bras, ses côtes et sa hanche droite lui faisaient un mal de chien.

Le sorcier allait-il descendre s'assurer de son trépas ?

Une cuisse de mouton entre les dents, le dragon vola au-dessus du berger. Quand il refit un passage, deux moutons pendaient dans ses pattes.

Elminster se sentait de plus en plus mal. Il s'agrippa au roc.

Un claquement d'ailes sinistre... Le dragon revenait à la charge.

Immobile, le cou tordu, Elminster ouvrit la bouche et écarquilla les yeux, les tournant vers le ciel.

Le sorcier jeta un dernier regard au gisant, en contrebas. D'un puissant coup de reins, le dragon orienta son vol... et fondit sur Heldon avec un cri de mort.

Elminster se remit debout et descendit au fond de

l'abîme. S'écorchant les doigts sur les arêtes des rochers, il ne ménagea pas sa peine.

Une peur atroce lui nouait les tripes.

Quand il atteignit son but et surplomba son village, il avait encore assez de souffle pour hurler à gorge déployée.

*
* *

Une femme cria. Aussitôt, le vacarme des forges cessa. Le sourcil froncé, Elthryn Aumar bondit pour attraper son épée, et sortit dans la rue.

Le plus vieux trésor d'Athalantar — l'épée du Lion, vibrant de puissances magiques —, étincela au soleil. Comme toujours, Elthryn la sentait assoiffée de sang. Beuglant d'effroi, les villageois dévalaient la rue principale. Elthryn se tourna vers la Haute Forêt, d'où montait une étrange fumée.

Des brigands ? Des orcs ? Une menace venue des bois ?

Brandissant l'épée — l'objet principal de son orgueil —, il remonta la rue à contre-courant d'une foule livrée à la panique ; à son tour, il fut gagné par la peur.

Au bout de la rue, il découvrit le sinistre... Son cottage dévoré par les flammes.

— Amrythale..., lâcha-t-il, aveuglé par les larmes.

Il se disait volontiers que cette fille de bûcherons avait dû user de sorcellerie pour prendre dans ses filets un des princes d'Athalantar les plus populaires. Mais Elthryn aimait Amrythale.

Et il était payé de retour.

Il regarda leur foyer partir en fumée..., devenu le bûcher funéraire de sa bien-aimée.

Les joues ruisselantes de larmes, le prince sentit la colère l'étouffer.

20

— *Qui* a commis ce crime ? tonna-t-il.

Son cri indigné se répercuta dans les échoppes et les logis déserts. Le crépitement des flammes lui répondit... avant qu'éclate un rugissement à faire trembler les murs. Sous ses bottes, les pavés vibrèrent. Relevant la tête, il vit planer, avec une méprisante nonchalance, un vieux dragon rouge aux écailles tirant sur le noir. Un homme — un sorcier, à n'en pas douter — chevauchait le monstre, bâton au poing. Pour Elthryn, ça ne pouvait signifier qu'une chose : tout cela était l'œuvre de son frère aîné, Belaur.

Elthryn avait été le favori de leur père, s'attirant ainsi la haine éternelle de son frère. Le roi avait remis à *Elthryn* l'épée du Lion...

C'était tout ce qui restait de lui, à présent. Et la lame enchantée lui avait rendu de fiers services...

Quand le prince releva la tête, ce fut pour voir sa mort, toutes ailes éployées.

Portant l'épée du Lion à ses lèvres pour y poser un baiser, il invoqua le visage de son fils, encadré par une masse de cheveux noirs.

Elminster, avec sa nature taciturne et grave qu'expliquait peut-être le secret de sa naissance : car l'enfant avait des pouvoirs que les dieux accordaient à de rares élus. Peut-être avaient-ils des projets pour cet adolescent singulier.

S'accrochant à ce mince espoir, Elthryn murmura :

— Vis, mon fils. Vis pour venger ta mère... et rendre son honneur au trône du Cerf. *Entends-moi !*

*
* *

Dévalant une colline, Elminster s'adossa à un arbre, le souffle court. Un murmure résonna à ses oreilles : Elthryn avait recours à une particularité de l'épée magique, que son fils lui avait vu utiliser une fois, quand Amrythale s'était perdue dans une tempête de neige.

Le garçon comprit ce que signifiait ce message.

Elthryn affrontait la mort.

— Je viens, père ! hurla-t-il.

Il reprit sa course, sachant qu'il n'arriverait pas à temps...

*
* *

Elthryn Aumar se préparait à mourir comme il seyait à un prince. L'ignorant, le dragon poursuivait la foule. Avec ses dards magiques, le sorcier répandait la mort à plaisir.

Puis il concentra ses foudres vers l'impudent qui osait le défier. Contre toute attente, l'épée absorba l'énergie.

Le prince vit le sorcier pivoter sur sa selle et froncer le sourcil. L'épée brandie pour le défier, Elthryn le maudit.

Une nouvelle tentative se solda par le même échec. L'épée rougeoya sous l'afflux d'énergie. Elle dominait les sortilèges... mais pas le feu des dragons.

Le prince se savait à deux doigts de la mort.

— O Mystra, fais que mon garçon en réchappe ! supplia-t-il quand le dragon fondit sur lui. Veille à ce qu'il garde assez de bon sens pour fuir loin d'ici...

Le dragon rouge cracha le feu. Elthryn Aumar leva son épée... avant d'être englouti par un déluge de flammes.

*
* *

Elminster déboula dans la rue principale de Heldon

et vit les cadavres carbonisés des pauvres gens surpris dans leurs logis.

La gorge nouée, il fit quelques pas avant de s'immobiliser : à quoi bon se hâter quand le village entier n'était plus que ruines ? A l'autre bout, une épaisse fumée montait dans le ciel. Elminster comprit que son foyer était réduit en cendres.

Le dragon était parti.

Le jeune homme restait seul au milieu des morts.

Il eut beau fouiller les décombres, il n'y avait plus âme qui vive. De sa mère ou de son père, il ne trouva nulle trace... Or, ils n'avaient pas pu fuir.

Puis le berger trébucha sur la garde à demi fondue de l'épée du Lion.

Les mains tremblantes, il la retira d'un tas de cendres. Le feu de la magie ne nimbait plus les restes carbonisés de la lame. El la serra contre son sein ; le monde vacilla.

A genoux dans les cendres, il pleura longtemps. Quand il revint à lui, le soleil se couchait. Les pavés glacés, sous sa joue, l'avaient tiré de son hébétude. La nuit tombait sur la Haute Forêt. Non loin de là, des hurlements de loups déchirèrent le silence.

Le jeune homme devait partir avant que les carnassiers viennent se repaître des cadavres.

Il leva l'épée vers le ciel.

— Je tuerai ce sorcier, jura-t-il entre ses dents, et je vous vengerai même si je dois y perdre la vie. Entendez-moi, mon père et ma mère... J'en fais le *serment*.

Comme pour lui répondre, un loup hurla.

Tandis que l'orphelin s'éloignait, Séluné se leva sur Heldon, nimbant les ruines d'une lueur sinistre.

Elminster s'en fut sans un regard en arrière.

*
* *

L'adolescent avait trouvé refuge dans une grotte où

il jouait souvent à « cherche-ogre » avec les autres gamins. Réveillé en sursaut, il tendit l'oreille. On avait parlé, tout près...

— Aucune trace de raid... Personne n'a été passé au fil de l'épée, dit une voix grave.

S'efforçant de sonder les ténèbres, Elminster ne bougea plus.

— Les maisons ont pris feu spontanément, en ce cas, fit une autre voix, sarcastique. Et les autres se sont effondrées parce qu'elles étaient fatiguées de tenir debout...

— Suffit, Bellard ! Il n'y a aucun survivant, et ce n'est pas l'œuvre de soldats. Il n'y a pas eu pillage non plus.

— Quel prédateur utilise le feu pour détruire ? Et renverse des maisons sur son passage ?

— Un dragon, suggéra un troisième larron.

— Un dragon ? Et personne n'aurait rien vu ?

— En amont et en aval du Delimbiyr, il se passe plus d'une chose que tu ne remarques jamais, Bellard. De quoi d'autre pourrait-il s'agir ? Un sorcier ? Entendu, mais lequel serait assez puissant, en l'occurrence ? Si vous avez d'autres hypothèses, je vous écoute. En attendant, nous sortirons à l'aube et nous resterons près de la forêt, à tout hasard.

— Non ! Je refuse de me cacher comme une vieille femme pendant que d'autres ramasseront à pleines mains l'or et l'argent !

— Je t'en prie, Bellard, ne te gêne pas. Moi, je demeure ici.

— Oui... avec les moutons.

— En effet. Ainsi tu pourras peut-être manger autre chose que du villageois grillé.

Un grognement dégoûté et un gloussement ponctuèrent cette déclaration.

— Heaume a raison, comme toujours, Bel. A présent, allons-y. Si tu le traites comme un ami le devrait, au lieu de l'attaquer sans cesse, il nous en aura accommodé quelques morceaux juteux d'ici peu... Qu'en dis-tu, Heaume ?

La voix la plus grave répondit :

— Je ne vous promets rien. Si vous trouvez un chaudron, ayez le bon sens de le prendre. Ainsi, je nous mijoterai de bons ragoûts.

— Tu n'imagines pas que je m'encombrerai d'un tel ustensile au lieu de rapporter de l'or ou des lames bien trempées ? bougonna Bellard.

— Bougre d'abruti, rien ne t'empêchera de fourrer tes larcins dans mon « ustensile », comme tu dis !

De nouveaux rires se firent entendre.

— Il te tient, Bel !

— Une fois de plus.

— Filons.

Il y eut des raclements de bottes, des pierres roulèrent devant l'entrée de la grotte. Puis le silence retomba.

Longtemps, Elminster n'entendit que la plainte du vent. Tous devaient être partis. Prudent, il étira ses muscles endoloris et avança à pas de loup dans la pénombre... Bientôt, il manqua s'embrocher sur une épée.

— Qui es-tu, mon garçon ? Tu as fui le village ? lâcha le propriétaire de la lame.

Il portait une cuirasse en piètre état, des gantelets rouillés, un heaume cabossé, et une barbe fournie lui mangeait le visage. Elminster sentit l'odeur rance d'un soldat en campagne, à laquelle se mêlaient des senteurs d'huile et de bois fumé.

— Ce sont mes moutons, Heaume, dit-il, aussi placide que son interlocuteur. Laisse-les.

— Les tiens ? Pour qui les gardes-tu, maintenant que le village entier a péri ?

El sentit des larmes lui monter aux yeux. Il exhiba l'épée du Lion.

L'homme le regarda avec quelque chose comme de la pitié dans les yeux.

— Range ça, mon garçon. Même si tu avais une lame digne de ce nom, je n'aurais nulle envie de croiser le fer avec toi. Tu avais de la famille à... Heldon ?

— Oui...

— Où iras-tu maintenant ?

Elminster haussa les épaules.

— J'allais rester, admit-il, avec amertume, et manger mes moutons.

— En ce cas, un changement de plan alimentaire s'impose. Devrais-je t'en réserver un ?

— Voleur ! explosa l'orphelin.

Le gredin haussa les épaules.

— On m'a traité de pires noms...

Elminster fourra son moignon d'arme dans le revers de son justaucorps.

Heaume lui barrait le chemin.

— Tu ne serais pas si fier s'il se trouvait des chevaliers d'Athalantar près d'ici ! Ils étripent les brigands de ton espèce, aboya-t-il avec autorité, imitant le ton que prenait parfois son père.

La réaction de son vis-à-vis le prit au dépourvu : d'un bond, l'homme fut sur lui et l'empoigna par le col.

— Je *suis* un chevalier d'Athalantar, au service du roi Cerf en personne — que les dieux le gardent ! Si Hastarl ne pullulait pas de sorciers, et de prétendus « hommes d'armes loyaux », je sillonnerais ce royaume en toute quiétude ! Et tu aurais encore un foyer, une famille et des voisins !

Dans ses yeux gris brillait une colère aussi grande que celle du berger. El soutint son regard.

— Si tu es un vrai chevalier, lâche-moi.

— Très bien, mon garçon. Pourquoi ?

Elminster ressortit l'épée paternelle.

— La reconnais-tu ?

Heaume blêmit.

— L'épée du Lion... Elle devrait être dans le

tombeau d'Uthgrael. Comment est-elle arrivée entre tes mains ?

— Elle m'appartient. Elle était à mon père et... je crois qu'il a péri hier soir, en la pointant contre l'ennemi.

Heaume et lui se toisèrent du regard.

— Qui est cet Uthgrael ? Pourquoi devrait-il être enterré avec l'épée de mon père ?

Heaume le regarda comme si trois têtes venaient de lui pousser, une couronne posée sur chacune...

— Je te répondrai, mon garçon, si tu me donnes le nom de ton père.

Elminster bomba le torse.

— Mon père est... *était* Elthryn Aumar. Tous l'appelaient le « seigneur sans couronne de Heldon ».

Heaume hoqueta.

— N'en parle à *personne !* Tu m'entends ?

— Pourquoi ? Je sais que mon père était important... Un sorcier armé de deux bâtons l'a tué. Il chevauchait un dragon rouge sombre... Je ne les oublierai jamais. Un jour...

Le chevalier sourit.

— Qu'est-ce qui t'amuse tant ? demanda El, embarrassé.

— Assieds-toi. (Remettant son épée au fourreau, l'homme prit à sa ceinture une flasque de métal.) Veux-tu boire une gorgée ?

Elminster réalisa qu'il mourait de soif.

— Promets de répondre à mes questions et de ne pas m'occire.

Heaume le regarda avec quelque respect.

— Tu as ma parole, celle de Heaume Pierrelame, chevalier du trône du Cerf. Tu auras tes réponses si tu me dis ton nom.

— Elminster Aumar, fils d'Elthryn.

— Fils unique ?

— A ton tour de répondre, coupa Elminster, prenant la flasque pour se désaltérer.

— De grâce, mon prince, dit le chevalier. Encore une question ?

— Te moques-tu, l'ami ? Un prince, moi ?

Heaume secoua la tête.

— Non, mon garçon : tu es bien un prince. De grâce, dis-moi : as-tu des frères ou des sœurs ?

— Aucun.

— Et où est ta mère ?

Elminster baissa les yeux.

— Avez-vous trouvé d'autres survivants ? J'aimerais avoir des éclaircissements, maintenant, seigneur chevalier.

Il but une longue rasade.

Coulant dans sa gorge, un feu d'un genre nouveau le fit suffoquer. Il tomba à genoux. A travers un voile de larmes, il vit Heaume se pencher pour lui tendre une main secourable et récupérer la flasque.

— Le flammevin n'est pas à ton goût, mon garçon ? Ça va mieux ?

Elminster acquiesça. Avec une tendresse bourrue, Heaume lui tapota le bras.

— Très bien. Tes parents ont jugé préférable de t'en dire le moins possible, et je les approuve... Néanmoins, tu as ma parole, prince. Et un chevalier tient ses promesses, aussi hardies soient-elles.

— Alors parle !

— Que sais-tu de ta lignée ?

— Rien, hormis des noms. Ma mère s'appelait Amrythale Gerbe d'Or ; son père était forestier. Le mien était fier de cette épée enchantée, et il se réjouissait que, de Heldon, on ne puisse apercevoir Athalgard. Voilà tout ce que je sais.

Heaume soupira.

— Fort bien. Assieds-toi et ouvre grandes tes oreilles. Si tu survis, garde pour toi ce que je vais t'apprendre. De nos jours, à Athalantar, les sorciers traquent les seigneurs de ton rang.

— Je sais, fit Elminster, amer.

— Je... Pardon, mon prince. J'oubliais. Athalantar s'appelle le royaume du Cerf en raison d'Uthgrael Aumar, le roi Cerf. C'était un puissant guerrier... ; ton grand-père.

— Je m'en doutais... En ce cas, pourquoi ne suis-je pas vêtu de riches atours, et à l'abri dans quelque salle d'Athalgard ?

Heaume sourit.

— Tu es aussi vif que ton grand-père, mon garçon ! Et tu as hérité de sa volonté de fer ! Uthgrael était mon suzerain ; de ma vie, je n'ai vu meilleur bretteur. (Son sourire mourut.) Il a trouvé la mort lors d'un affrontement contre des orcs, près de Jander. C'était pendant l'Année des Grenouilles. Beaucoup d'entre nous périrent cet hiver-là. Uthgrael était vieux ; après le trépas de la reine Syndrel, il n'attendait plus qu'une occasion de mourir les armes à la main... Uthgrael laissait son royaume à ses sept fils. Il n'avait pas de filles...

Le regard perdu dans les profondeurs de la grotte, Heaume revit d'autres lieux et d'autres visages...

— Des sept princes, cinq étaient dévorés d'ambition... Des hommes cruels et implacables. Felodar, notamment, s'intéressait à l'or par-dessus tout et serait allé en chercher au bout du monde si nécessaire. Ses frères préféraient rester à Athalantar. Quant aux deux derniers, l'un était trop jeune et timide pour inquiéter qui que ce fût. L'autre, Elthryn, se montrait de tempérament pondéré et équitable. Aux intrigues de cour, il préférait la vie à la ferme. Il s'y retira pour épouser une roturière. Nous avons pensé qu'il renonçait ainsi à ses droits sur la couronne. Lui aussi, à mon avis... Ses frères se sont battus pour contrôler le royaume. On a écrit des ballades sur les fameux « Princes querelleurs d'Athalantar ». Jusqu'ici, le vainqueur reste l'aîné, Belaur. (Le chevalier lui saisit le bras :) Ecoute bien : Belaur l'a emporté sur ses frères, mais sa victoire lui a coûté le royaume, ainsi qu'à nous tous. Pour conquérir le trône du Cerf, il a fait venir des quatre coins de Féérune des sorciers qui ont assuré sa suprématie. Aujourd'hui, c'est un vieil ivrogne, le jouet de son entourage... Les véritables maîtres sont ces thaumaturges. Même les mendiants de Hastarl le savent.

— Combien sont-ils ? Quels sont leurs noms ?

— Je l'ignore. Je doute que quiconque le sache, hormis les capitaines de la garde et les serviteurs d'Athalgard. Tu as juré de venger tes parents, mon prince ?

Elminster hocha la tête.

— Patience, lui conseilla le chevalier. Attends d'être plus mûr et d'avoir les poches assez remplies pour t'attacher à ton tour les services de mages. Tu en auras besoin, à moins de vouloir finir tes jours en grenouille, jeté dans quelque vasque pour amuser les apprentis sorciers. Ils se sont unis pour occire le vieux Shandrath, un archimage... Il leur a fallu détruire la tour Wyrm pierre par pierre, mais ils ont réussi, il y a deux ans de cela. Et ceux qu'ils ne pouvaient éliminer grâce aux grimoires, ils les passaient au fil de l'épée ou les empoisonnaient, comme ce pauvre Theskyn, le magicien de la cour. C'était un des amis les plus chers et les plus fiables d'Uthgrael.

— Je les vengerai tous, dit Elminster à voix basse. Avant que je meure, Athalantar sera libéré. J'en fais le serment.

Heaume secoua la tête.

— Crois-moi, mon prince, laisse là ces grands sentiments. Ceux qui jurent ainsi expirent vite. Leur obsession leur gâche la vie.

Elminster lui jeta un regard noir.

— Un sorcier a précipité mon père et ma mère dans la tombe, ainsi que tous mes amis. Je mènerai ma vie comme je l'entends.

Le visage de Heaume s'éclaira d'un sourire.

— Tu es idiot, mon prince ! Un homme avisé quitterait Athalantar pour ne plus jamais y remettre les pieds et ne jamais parler du passé, de sa famille ou de l'épée du Lion à âme qui vive... Mais tu ne pourrais agir ainsi et rester un prince d'Athalantar. Alors ta vengeance te coûtera la vie. Au moins, écoute-moi, et temporise avant de laisser Féérune apprendre que tu as survécu... Du moins si tu ne veux pas qu'un seigneur mage t'élimine comme on écrase un moucheron.

— Ces chiens me connaissent ?

Heaume le gratifia d'un regard compatissant.

— Tu es bien naïf, mon garçon. Le sorcier au dragon avait sans doute ordre de tuer Elthryn et tous les siens avant que son fils ait l'âge de nourrir quelque ambition.

Le chevalier regarda pâlir l'adolescent. Quand celui-ci reprit la parole, il le surprit :

— Sire Heaume, donnez-moi les noms de ces seigneurs mages et je vous laisse mes moutons.

Le chevalier partit d'un grand rire.

— Ma foi, je ne les connais pas tous — et mes compagnons s'empareront tôt ou tard de tes moutons. Voici les noms de tes oncles. L'aîné — ton pire ennemi —, est Belaur. A vingt-neuf ans, c'est une brute épaisse et vociférante. Cruel à la chasse comme à la guerre, il se croit plus malin qu'il ne l'est. Il était le favori d'Uthgrael jusqu'à ce qu'il affiche sa cruauté foncière et son mauvais caractère. Il y a six ans, il s'est proclamé roi. Beaucoup, en amont et en aval du Delimbiyr, ne le reconnaissent pas comme tel. Les bonnes gens savent à quoi s'en tenir.

— Et le deuxième fils d'Uthgrael ?

— On le croit mort. Elthaun était un séducteur au verbe d'or. Connu dans tout le royaume pour son art de l'intrigue, il a eu le bon sens de fuir Hastarl à temps. Des seigneurs mages l'auraient retrouvé cette année à Calimshan, terré dans un cellier... et ils auraient fait assaut de sortilèges pour prolonger son agonie.

Elminster comptait ses oncles sur ses doigts, ce qui fit sourire Heaume.

— Le troisième ?

— Cauln fut tué avant que Belaur revendique le trône. Ce fouineur adorait espionner les duels magiques. Il se prenait pour un sorcier et fut piégé par un mage engagé par Elthaun, qui le transforma en serpent — un choix des plus appropriés. Puis il fit exploser l'animal. Les premiers seigneurs mages « importés » par Belaur exécutèrent le vainqueur du duel, « dans l'intérêt du royaume ». Ensuite venait ton père. D'un tempérament calme, il était très attaché au concept de « justice pour tous », qu'on soit noble ou vilain. Les bonnes gens l'adoraient ; à la cour, naturellement, cela ne lui valait aucun respect. Il s'est retiré à Heldon, et Hastarl l'a oublié. Que je sache, Uthgrael ne le tenait pas en grande estime. Pourtant, qu'il lui ait légué son épée tendrait à prouver le contraire.

— Nous en sommes à quatre princes, récapitula Elminster. Ensuite ?

— Ensuite venait Othglas : un obèse porté sur les grivoiseries, qui ne perdait aucune occasion de s'empiffrer. Plus rond qu'une barrique, il avait peine à se déplacer sur ses deux pieds. Il aimait empoisonner ceux qui lui déplaisaient... Dans sa course au pouvoir, il a éclairci notablement les rangs des courtisans.

Elminster plissa le front.

— A t'entendre, mes oncles sont un ramassis de bandits, de vrais gibiers de potence !

— D'amont en aval du fleuve, c'est bien l'avis des populations, mon garçon. Je te rapporte leurs actes, ni plus, ni moins. Je n'ai porté aucun jugement. Si tu arrives à la même conclusion que le commun des mortels, c'est que les dieux en personne ont rendu leur verdict... Quand Belaur s'est emparé du trône, ses mages, sachant ce que préparait Othglas, ont menacé de l'exécuter devant toute la cour. En conséquence, le conspirateur s'est enfui à Dalniir pour rallier les Chasseurs, des adorateurs de Malar. Je doute que le Seigneur des Bêtes ait jamais eu prêtre plus gras.

— Est-il encore de ce monde ?

Heaume secoua la tête.

— Tout Athalantar a appris la nouvelle ; les seigneurs mages y ont veillé. Durant une chasse, ils l'ont transformé en ours ; ses propres amis l'ont taillé en pièces.

Elminster frémit.

— Le suivant ?

— Felodar... Celui qui est parti à Calimshan. Les joyaux et l'or sont sa passion. Il a quitté le royaume avant le trépas d'Uthgrael. Où qu'il aille, il ramassait l'or à une vitesse folle, trempant dans le trafic d'esclaves, de drogues et de magie noire. A ma connaissance, ses affaires prospèrent toujours autant. (Il gloussa.) Il a même dépêché des mages ici, afin qu'ils s'opposent aux desseins de leurs confrères.

— Il ne fait pas bon lui tourner le dos...

Heaume sourit.

— En effet. Le cadet est Nrymm. Dans mon souvenir, c'est un jeune loup maigrichon et renfrogné. A la mort de la reine, il a été élevé par les dames de la cour ; il se peut qu'il n'ait jamais de sa vie mis les pieds hors d'Athalgard. Il a disparu il y a quatre ans.

— Mort ?

— Oui, ou retenu prisonnier par les seigneurs mages, toujours ravis d'avoir sous leur coupe un autre héritier d'Uthgrael, au cas où quelque chose arriverait à l'aîné.

Elminster but avec circonspection une gorgée de flammevin.

— A t'entendre, être prince d'Athalantar n'a rien de noble...

Heaume haussa les épaules.

— A chaque prince de faire honneur à ses ancêtres. Un devoir que bien des seigneurs traitent par-dessus la jambe, de nos jours.

Elminster baissa les yeux sur l'épée du Lion qu'il avait reprise en main.

— Que devrais-je faire alors ?

— Partir à l'ouest, vers les Collines du Cor, et frayer avec les hors-la-loi. Apprends la vie à la dure, manie l'épée... et tue. Te venger, mon garçon, ne consiste pas à surprendre un sorcier dans son antre et à lui planter ta lame dans le dos. Les dieux t'ont donné pour ennemis une pléthore de princes, de sorciers et de courtisans. Si tous s'alignaient devant toi, et attendaient tes coups, ton bras se fatiguerait avant de les avoir envoyés rejoindre leurs ancêtres... Ce sera l'œuvre d'une vie entière... Sois moins rêveur et un peu plus chevalier. Evite les sorciers tant que tu n'auras pas assez d'expérience. Si les soldats d'Athalantar te traquent, accueilles-les à la pointe de l'épée. Ces marauds ne sont pas de fines lames — pour l'instant, toi non plus. Réfugie-toi dans les collines et loue tes services aux bandits. Les villes sont à la botte des enchanteurs. Le mal y règne en maître ; les âmes pures, si elles veulent le rester, doivent prendre le maquis... ou rendre leur dernier soupir. Alors fais-toi hors-la-loi, mon garçon, et réussis dans cette profession. Si tu survis, fouille Féérune, déniche une arme assez pointue pour pourfendre Neldryn... et reviens le faire.

— Pourfendre qui ?

— Neldryn Hawklyn, le plus puissant des seigneurs mages.

Le regard gris-bleu du jeune homme s'assombrit.

— Tu as affirmé ignorer leurs noms ! C'est ce qu'un preux d'Athalantar appelle « dire la vérité » ?

Heaume cracha sur le sol.

— La vérité ? C'est quoi, mon garçon ?

34

Elminster fronça les sourcils.

— La vérité est ce qu'elle est, affirma-t-il, glacial. Je ne vois aucun sens caché à ce mot.

— La vérité est une *arme*. Souviens-t'en.

Le silence qui suivit dura un long moment. Puis Elminster reprit :

— Très bien. J'ai retenu ta brillante leçon. Dis-moi, ô sage chevalier : dans ce que tu as raconté, que dois-je croire ?

Heaume dissimula un sourire. Quand le garçon prenait cet air inoffensif, la tempête n'était pas loin. Il méritait une honnête réponse :

— Tout. Je t'ai dit ce que je savais. Si tu brûles d'en apprendre plus, ajoute ces noms à ta liste noire : les seigneurs mages Seldinor Capefurie et Kadeln Olothstar. Si je les croisais dans un lupanar, je n'aurais aucune peine à les reconnaître.

— Tu ne corresponds pas à l'idée que je me faisais d'un chevalier.

— Tu imaginais un preux en armure rutilante, mon prince ? Juché sur son blanc destrier, peut-être ? De courtoises manières ? De nobles sacrifices ? Pas en ce monde, mon enfant, en tout cas depuis la mort de la reine de la Chasse.

— Qui ?

Heaume soupira.

— J'oublie que tu ne sais rien de ton propre royaume. La reine Syndrel Cornetemps : ta grand-mère, épouse d'Uthgrael et maîtresse des chasses. C'était la plus belle des femmes...

Elminster se leva.

— Grand merci, Heaume Pierrelame. Avant que tes gredins d'amis s'en reviennent, je pars. Si la chance me sourit, nous nous reverrons.

— Je l'espère, mon garçon. Ce jour-là, puisse Athalantar être libéré du joug des sorciers et des loups. Et que les authentiques chevaliers battent de nouveau la campagne ! (Il lui tendit la flasque de flammevin et du pain.) Rends-toi dans les Collines du Cor sans qu'on te remarque. Voyage à l'aube et au crépuscule. Tiens-t'en aux forêts et aux champs. Evite les patrouilles comme la peste. Dans le grand monde, on égorge d'abord, on questionne ensuite... si les cadavres ont encore quelque chose à dire... N'oublie jamais : les mercenaires que louent les sorciers ne sont pas des chevaliers. De nos jours, la soldatesque d'Athalantar n'a aucune conception de l'honneur. Si tu croises des brigands, dis-leur que Heaume t'envoie et qu'on peut se fier à toi.

Elminster prit le vin et le pain et le remercia.

— Souviens-toi, insista le chevalier. Ne révèle à *personne* ta véritable identité, et évite les questions stupides sur les seigneurs mages et les princes. Glisse-toi dans la peau d'un autre, jusqu'à ce que ton heure sonne.

Elminster acquiesça.

— Tu as ma foi, sire chevalier, et ma gratitude.

Avec la gravité voulue, du haut de ses douze printemps, il s'en fut.

Heaume le suivit.

— Attends ! Voici mon épée, tu en auras besoin. N'exhibe pas celle du Lion.

Elminster se retourna. L'homme lui offrait sa propre épée !

— Qu'utiliseras-tu à la place ?

Heaume lui tendit une lame ordinaire, et son fourreau.

— J'en volerai une autre ! Ne suis-je pas censé mettre mon arme au service d'un prince du royaume ?

Elminster mania l'épée. Pourfendant un ennemi imaginaire, il se sentit redoutable.

Heaume le gratifia d'un sourire de carnassier.

— Bravo ! Maintenant, va, mon garçon !

Il partit égorger un mouton, se demandant combien de jours passeraient avant qu'il apprenne la fin du jouvenceau...

Le premier devoir d'un chevalier n'était-il pas de faire rêver les petits garçons ? Sans cela, comment apparaîtrait la génération suivante de redresseurs de torts ?

Et qu'adviendrait d'un royaume qui allait à vau-l'eau ?

A cette pensée, son sourire s'évanouit.

Qu'adviendrait-il d'Athalantar ?

CHAPITRE II

DES LOUPS EN HIVER

Sache que la raison d'être des familles, au moins aux yeux du Seigneur de l'Aube, est d'améliorer chaque nouvelle génération, en la rendant plus forte, plus sage, plus riche et plus capable. Certains en bénéficient ; les meilleurs et les plus fortunés progressent dans plusieurs domaines. C'est le rôle des parents. Celui d'un chef est de faire en sorte que son royaume, de génération en génération, connaisse des améliorations au fil des luttes.

Thorndar Erlin, haut prêtre de Lathandre
Dits de la Gloire de l'Aube
Année de la Furie Filante

Elminster était aux prises avec une tempête de neige. Durant Neigemartel, les vents soufflaient sans répit ; dans les Collines du Cor, on retrouvait hommes et bêtes gelés. Depuis la destruction de Heldon, c'était le quatrième hiver qu'El passait en claquant des dents du matin au soir...

Une main se posa sur son épaule.

Il la tapota. Sargeth venait de repérer une patrouille. Avec toute la discrétion souhaitable, il partit avertir les autres. Protégés par des couches d'habits volés aux morts — tels les golems de chiffons des légendes —, les six hors-la-loi prirent leurs lames et descendirent dans le ravin.

Le vent qui s'engouffrait dans le boyau soulevait des tourbillons de neige. Engarl avait peine à tenir sa lance, prise sur le cadavre d'un piquier qui n'en aurait plus jamais besoin.

Les brigands s'enterrèrent à demi, attendant que la neige les transforme en monticules blancs.

— Les dieux *maudissent* tous les sorciers ! pesta l'un d'eux.

— Allons, vieux, tu sais à quoi t'en tenir, dit un autre.

— *Moi*, oui. Mes pieds gelés, eux, préféreraient une bonne flambée à...

— Tu n'es pas le seul ! Avec l'aide des dieux, nous nous réchaufferons bientôt la plante des pieds ! A présent, silence !

— Peut-être, souffla Elminster, les dieux ont-ils d'autres projets...

Sargeth ricana dans sa barbe... Un hennissement troubla le silence, puis un cri de défi...

Baerold et les frères Arghel étaient passés à l'action...

Imitant un hurlement de loup à glacer les sangs, Baerold affolait les chevaux.

La patrouille était en vue.

Tel un spectre, épée au poing, Elminster jaillit de son linceul de neige.

Rester en place, c'était être piétiné.

L'instant suivant, Engarl transperça la gorge d'un soldat, sa monture s'écroulant sous lui. Un autre cavalier fondait sur eux. El courut sur la neige.

Le cheval patina, manquant désarçonner son cavalier

qui, apercevant El, se mit en tête de le pourfendre. Le jeune homme esquiva et frappa le cheval aux jambes. Déséquilibré, le cavalier atterrit aux pieds de son vainqueur, qui l'égorgea.

Quatre ans plus tôt, Elminster avait découvert son aversion pour les tueries. Ça ne s'arrangeait pas avec le temps.

Mais dans les collines, le fief des bandits, on appliquait la loi du plus fort.

Dans le tumulte des sabots, un rugissement de douleur éclata, suivi du bruit mat d'un corps heurtant le sol.

Elminster resta sur ses gardes. Certains bandits se débarrassaient parfois d'un complice encombrant en prétendant l'avoir confondu avec un ennemi. De telles « erreurs » n'étaient pas rares...

El ne s'attendait pas à cette perfidie... Mais qui pouvait se vanter de connaître le cœur des hommes ? Comme la plupart des hors-la-loi de la région — du moins ceux qui suivaient Heaume Pierrelame et haïssaient les seigneurs mages —, ces coupe-jarrets ne faisaient pas la guerre aux pauvres gens.

De plus, les bandits vivaient dans un strict isolement. Ils ne voulaient pas attirer les foudres des sorciers sur les fermiers dont les écuries abritaient les gueux transis, des racines gelées les empêchant de périr de faim. Les bandits ne se fiaient pas à ces gens pour autant. Les paysans qui les trahissaient touchaient cinquante pièces d'or par tête. Plus d'un bandit avait payé de sa vie un excès de naïveté.

La parade était de ne faire confiance à âme qui vive : depuis les oiseaux et les renards, dont la fuite attirait l'œil exercé des patrouilles, jusqu'aux camelots et aux rebouteux, avides d'espèces sonnantes et trébuchantes...

Sargeth réapparut. Les vents s'étaient calmés.

— Tous morts, El : une dizaine de soldats... L'un d'eux avait une besace pleine de vivres !

40

Elminster, alias Eladar dans la truanderie, grommela :

— Pas de sorciers ?

Sargeth posa une main ensanglantée sur son bras.

— Patience ! Si tu veux étriper les thaumaturges, commence par leurs sbires... Par tous les dieux, ils seront bien forcés de réagir !

— Tu as raison. Autre chose ?

Le vent recommença à souffler.

— Un cheval mort, que nous enterrerons sous les capes des cadavres. Hâtons-nous : les loups crient autant famine que nous. Engarl a fait main basse sur une dizaine de dagues et un heaume. Comme toujours, Baerold récupère les bottes. Va aider Nind, qui s'occupe du dépeçage.

— Encore de la boucherie...

Sargeth lui tapota le dos.

— Nous devons en passer par là pour survivre. Ça te fera la main pour de futurs banquets... A moins que geler dans la glace et être aussi faible qu'un chaton t'enchante... Va !

Maussade, Elminster obéit. Un cri de joie de Baerold lui fit tourner la tête. Le bougre menait un cheval par la bride. L'animal porterait leur butin sur une certaine distance, avant d'être abattu pour que ses traces, dans la neige, ne trahissent pas la position de leur repaire.

Bearold et Sargeth guidèrent leurs bêtes jusqu'aux sources qui jamais ne gelaient. Bearold calma le cheval de bât avant de l'abattre avec une froide efficacité.

Les bandits laissèrent la carcasse fumante aux loups et se roulèrent sur les congères pour se nettoyer. Ils repartirent dans la tempête vers la Grotte des Vents. Là, chacun passa par l'étroite ouverture et se dirigea à tâtons vers la roche phosphorescente qui signalait l'entrée de la caverne suivante.

Sargeth frappa six coups contre la paroi. Il fit deux pas et s'engagea dans un boyau latéral. Les autres lui emboîtèrent le pas. S'enfonçant sous les Collines du Cor, ils eurent bientôt dans les narines l'odeur de la terre humide.

De la lumière brillait dans une grotte tapissée de mousse. Quand le groupe entra, Sargeth s'annonça à voix haute. Rassurés, les hommes baissèrent leurs arbalètes.

— Vous êtes tous sains et saufs ?

— Oui, et nous revenons avec de la viande à rôtir ! jubila Sargeth.

— Du cheval, ou du soldat débité en rondelles ? s'enquit une voix morose.

Des gloussements lui répondirent. Le groupe traversa une autre grotte hérissée de stalagmites évoquant les crocs d'un monstre. Les pillards atteignirent un puits naturel éclairé par une lumière rouge. Une échelle menait à une caverne, où les hommes dormaient, serrés les uns contre les autres.

A chaque pas, l'air se réchauffait ; enfin, devant les sources d'eau chaude, les guerriers se sentirent dans leur fief, fièrement baptisé Castel-Misère.

Des couvertures et de vieux manteaux contribuaient à un semblant de confort.

Les nains avaient fait découvrir le dédale souterrain à Heaume Pierrelame. De temps en temps, les humains y trouvaient encore des torches prêtes à l'emploi et du bois de chauffage, gracieusement offerts par leurs petits voisins.

Un jour, la vieille Mauri avait expliqué à El que les nains refusaient de se montrer aux humains, mais désiraient quand même qu'ils restent.

Les nains soutenaient tout ce qui affaiblissait les sorciers. La cause des hors-la-loi était la leur.

Les humains se reproduisaient comme des lapins. Si leur magie rivalisait avec celle des elfes, où allait-on ?

Mauri sourit aux guerriers.

— De la nourriture, mes braves ?

— Oui, dit Engarl, et quand nous aurons festoyé, il nous restera encore de quoi remplir nos panses une semaine !

Les rustauds dépenaillés qui sommeillaient ouvrirent un œil. Pour tromper leur faim, ils mâchaient des racines à longueur de journée, guettant le retour des bandes en maraude.

Tous se groupèrent autour du feu ; de vieilles lames servirent de broches. On déballa les quartiers de viande.

L'équipe de Sargeth était la meilleure. Célèbre pour sa gaucherie, que compensait heureusement la vivacité de ses réflexes, El était heureux d'en faire partie.

Un jour, un nécromancien tombé par hasard sur leur repaire avait péri, hérissé de carreaux. Mais au fil des ans, Elminster avait eu peu de contacts avec les sorciers d'Athalantar. Les hors-la-loi harcelaient tant les patrouilles qu'ils avaient cessé d'accompagner leurs troupes.

*
* *

— *Comment ?* Et les laisser piller tout leur aise jusqu'au printemps ? Combien de guerriers pouvez-vous encore vous permettre de perdre ?

Le sorcier aimait recevoir ses officiers sur les remparts. De là, on surplombait les eaux gelées de la Descente de la Licorne.

Le maître d'armes du château de Sarn Torel baissa les yeux :

— Aucun, seigneur mage. Voilà pourquoi je n'ose plus en envoyer. Chaque homme qui chevauche vers l'ouest va à sa perte, et il le sait. Nous sommes à deux doigts de la mutinerie... et je dois également assurer l'ordre chez nous. Si les caravaniers sont assez fous pour braver les tempêtes de neige, qu'ils y aillent seuls ! Laissons les bandits dans leurs collines. Inutile que nos soldats aillent les distraire au prix de leur vie.

Mais le sorcier campait sur ses positions. Le maître d'armes s'appuya à un merlon pour s'empêcher de reculer et de trahir sa peur. Il aurait donné cher pour être quelque part où la sorcellerie était inconnue.

— Je n'ai pas souvenir que le roi ait souhaité entendre votre opinion sur vos devoirs. Encore qu'apprendre comment vous interprétez ses directives ne manquera pas de l'intéresser.

Le maître d'armes affronta le regard malveillant du mage.

— *Votre* volonté, seigneur sorcier, souligna-t-il, est donc que j'envoie davantage de patrouilles ?

Le sous-entendu était clair : aux yeux de l'homme, le roi était plus sage que le croyait son entourage. Il aurait donc vu d'un bon œil la prudence de son maître d'armes.

Le sorcier hésita.

— Faites-moi part de *votre* avis, maître d'armes. Peut-être parviendrons-nous à nous entendre.

— Envoyez à la Corne une expédition de mages, voire d'apprentis, commandés par un nécromancien expérimenté. Je leur allouerai vingt soldats ; je n'ose pas risquer davantage de vies. Ensuite, qu'ils traquent ces pillards par tous les moyens.

Les deux hommes s'affrontèrent du regard. Puis Kadeln Olothstar sourit.

— Un plan solide, maître d'armes. Je *savais* que nous parviendrions à un accord. (Il se tourna vers les fermes enneigées avant de poursuivre :) Vous aurez douze mages, dont Landorl Valadarm.

Le guerrier hocha la tête. Landorl était-il un incapable, ou s'était-il attiré les foudres de Kadeln ? Contre la bande de pillards qu' s partaient affronter, la seconde hypothèse vaudrait mieux que la première.

Les deux hommes se tournèrent le dos et s'éloignèrent, affichant une fausse insouciance. Leur pas assuré proclamait qu'ils avaient l'âme bien trempée et ignoraient la peur.

Le silence retomba sur les créneaux de Sarn Torel.

Les tours se dresseraient encore vers le ciel avec superbe quand ces humains seraient retournés à la poussière depuis des lustres.

*
* *

Elminster rognait ses derniers os de cheval, quand un guetteur surgit :

— Une patrouille nous a repérés ! Aghelyn et beaucoup d'autres sont déjà morts ! Des soldats sont partis prévenir leurs chefs !

La grotte s'emplit de jurons et de cris. Sargeth beugla par-dessus le tumulte :

— Arbalétriers, tous à vos postes ! Les gamins et les blessés, allez monter la garde dans la caverne. Les autres, avec moi ! Brerest, Eladar, rejoignez nos frères ! Vous êtes les plus rapides. Massacrez ces soldats... ou c'en sera fait de nous !

Elminster et Brerest couraient déjà vers l'entrée de la Grotte des Vents.

Des carreaux sifflèrent à leurs oreilles. Elminster plongea à l'instant où un dard d'acier se fichait dans l'œil de Sargeth, le plaquant contre la roche.

A plat ventre dans la neige, El planta sa dague devant lui et récupéra l'arbalète dont Sargeth n'aurait plus besoin. Les hors-la-loi ripostèrent ; leurs tirs étaient ponctués par les cris des victimes.

— Tempus, guide ma main ! murmura Elminster, avant de s'entailler le bout d'un doigt sur sa dague en guise d'offrande.

Otant son casque, il l'agita au-dessus de sa tête.

Un carreau répondit à son défi. El bondit et contour-

na le rocher derrière lequel il s'était réfugié. Il visa...
et manqua. Jurant, il replongea à l'abri, remplacé par
Brerest, qui fit mouche. Le soldat s'écroula.

Délaissant son arbalète, Elminster reprit sa dague et
fonça vers un éboulis. Mais un guerrier surgit, arbalète en position. Il ne pouvait pas rater le jeune homme.

El plongea dans un trou, s'attendant à mourir à tout
instant.

La mort le dédaigna. Chassant la neige de son front,
il releva la tête.

Brerest, ou un autre, avait eu de la chance. L'épaule
transpercée par une lance, le soldat qui avait failli les
tuer se tordait de douleur.

— Merci, Tempus ! souffla Elminster du fond du
cœur.

Il courut vers un autre éboulis, et s'abattit sur le
sorcier qui s'y retranchait. Avec une vivacité inouïe, il
l'égorgea.

— Pour Elthryn, prince d'Athalantar ! souffla El,
avant de repartir.

Il acheva un blessé :

— Pour Amrythale, sa princesse !

Les clameurs moururent. Survolant la zone du
regard, El ne vit que des morts et des moribonds,
étendus devant la grotte. A quelques pas de là, les
mains sur le carreau fiché dans son cœur, gisait
Brerest.

Dieux ! Sargeth et Brerest... et combien d'autres, si
ces soldats réussissaient à prévenir les sorciers ?

Combien étaient-ils ? Quatre étaient morts ici, et
plusieurs autres à l'intérieur du repaire... On n'entendait plus siffler les carreaux... N'y avait-il aucun
survivant ?

Quelque part, derrière des rochers, quelqu'un sanglotait... D'après le nombre de cadavres, il y avait eu
deux patrouilles. En tout, cinq hommes manquaient.

Ils avaient dû courir avertir les mages, en laissant un ou deux guetteurs pour surveiller les bandits.

Elminster avait besoin d'un cheval. Grâce au ciel, il en aperçut un, non loin de là, privé de cavalier.

Se faufilant de rocher en rocher, il s'arma de quatre dagues prises sur des cadavres, et d'une lance. Un carreau siffla à ses oreilles. Il plongea à plat ventre.

Il avait presque atteint l'homme qui sanglotait quand un autre se dressa devant. Elminster le transperça de sa lance.

— Pour Elthryn, prince d'Athalantar ! gronda-t-il.

S'emparant d'un arc, il plongea derrière un rocher et encocha une flèche. Le doigt sur l'empennage, il rampa à plat ventre.

Personne en vue.

Lentement, il se mit à genoux. Un carreau siffla à quelques doigts de sa tête. El se laissa tomber, jouant les blessés. Il gémit pour couvrir le bruit qu'il fit en rencochant une flèche sur l'arc.

Prêt à achever sa victime, un arbalétrier sortit de derrière un buisson. Elminster et lui se virent au même instant et tirèrent simultanément.

Ils manquèrent leur cible.

N'y aurait-il jamais de cesse à ces tueries ? Saisissant sa dague, El fonça avec l'espoir de prendre son ennemi de vitesse...

Son pari fut payant. La dague qu'il lança intercepta un autre carreau ; alors que le soldat tirait son épée, El lui lança une autre lame au visage. Elle rebondit sur le heaume, mais déséquilibra le soldat.

Avec un rugissement, l'homme s'abattit sur El. Hurlant de douleur, celui-ci chercha une arme à sa ceinture. En vain. Alors que son adversaire allait lui donner le coup de grâce, son poids porta sur l'épée du Lion, glissée sous la tunique d'El.

Désespéré, celui-ci saisit la garde. Durant son premier hiver, il avait affûté la lame jusqu'à lui rendre son tranchant. Mais passé la garde, l'acier n'avait même pas la longueur d'une main.

A cet instant, pourtant, il lui sauva la vie. Alors que le guerrier levait le bras, Elminster lui enfonça son arme dans le cœur.

— Pour Elthryn, prince d'Athalantar ! cria-t-il.

Du sang gicla sur lui tandis qu'il sombrait dans l'inconscience...

*
* *

Il flottait. Autour de lui, on chuchotait... Une lueur blanche apaisa la douleur de ses muscles froissés.

D'une *poussée* psychique, Elminster fit s'éloigner la lueur.

Ainsi, sa volonté pouvait combattre la souffrance... Etait-il capable de se soigner lui-même ? Soudain, la douleur revint ; il sentit la dureté de la pierre sous lui, la sueur dans son dos...

Le ciel était bleu et sans nuages. Elminster gisait sur des rochers couverts de neige. Roulant sur le côté, il scruta les alentours.

Puis les ténèbres l'engloutirent de nouveau...

*
* *

Un peu plus tard, El revint à lui. Piaillant de dépit, les vautours s'envolèrent à tire-d'aile.

Le dernier soldat gisait non loin de là, l'épée du Lion fichée dans la poitrine. Elminster la retira et l'essuya sur la neige. Les dernières lueurs du jour étaient filtrées par d'épais nuages.

El se leva. S'il voulait survivre, il avait une tâche à accomplir.

Sur des jambes mal assurées, il traversa le charnier. Dans la cuvette où se trouvait l'entrée de la Grotte des Vents, gisaient huit soldats et le double de brigands. Les charognards étaient déjà à l'ouvrage ; les loups ne tarderaient pas à se joindre au festin. Il fallait espérer qu'ils seraient repus avant de s'aventurer dans le repaire.

Elminster devait rattraper les survivants avant qu'ils rallient leur camp, et les occire.

Mais l'odeur du sang le rendait déjà malade...

Il détourna les yeux des cadavres. Quel vaillant hors-la-loi il faisait !

Il repéra les traces laissées par les chevaux.

Comment battre des étalons de vitesse par ce temps ? C'était absurde !

En revanche, il était possible de réunir les épées et les arcs encore entiers pour équiper les survivants. On pouvait transformer la caverne en piège mortel...

Mais si leurs ennemis y lançaient une boule de feu...

Elminster s'assit sur un rocher et réfléchit. Ce mouvement soudain lui sauva la vie : un carreau vola au-dessus de sa tête pour se ficher dans un tronc. Le plus jeune des princes d'Athalantar plongea en hâte derrière le rocher et se fit tout petit avant de risquer un coup d'œil alentour.

Au bord du ravin qu'il surplombait se tenait le soldat chargé de surveiller la grotte.

Si Elminster pouvait lui subtiliser sa monture et partir au galop...

Et un jour, les cochons voleraient ! Le sourcil froncé, El rassembla ses souvenirs. Le dernier soldat qui avait failli le tuer avait laissé tomber son arbalète dans un buisson tout proche ! El rampa. Un autre carreau siffla à ses oreilles.

— Tempus et Tyché, aidez-moi ! murmura-t-il.

Le projectile suivant se ficha dans un autre tronc d'arbre.

Une bataille réelle a peu de rapport avec les chants des ménestrels ! songea le jeune homme.

Elminster repéra l'arbalète dans la neige. De nouveau armé, il rebroussa chemin en rampant. Quand un carreau fendit l'air sans l'atteindre, il se tourna et tira.

Tyché guida sa main : le soldat se trouvait obligeamment sur la trajectoire.

Il tomba, mortellement atteint.

El contourna la crête au pas de course.

Grâce aux dieux, le cheval était toujours là. En toute hâte, Elminster attacha ses armes à la selle et enfourcha la bête. Docile, celle-ci partit au galop.

La piste était facile à suivre...

El devait gagner la Corne de Heldreth avant qu'un sorcier le repère et le foudroie.

La nuit tombait sur les collines. Il *devait* réussir : la survie des hors-la-loi retranchés au Castel-Misère dépendait de lui.

Un souvenir fit sourire le cavalier : les leçons de son père sur les devoir de tout un chacun, depuis le dernier des paysans jusqu'au suzerain. Elthryn avait davantage insisté sur les responsabilités d'un prince que sur celles d'un fermier. C'était normal : les puissants tenaient entre leurs mains les rênes du monde.

Jamais El n'avait soupçonné qu'il était un prince, ni qu'il le deviendrait à la mort de son père. Il se rappelait clairement ses paroles : « *Le premier devoir d'un roi est envers ses sujets. Leurs vies sont entre ses mains ; il doit toujours avoir leur avenir à cœur. Qu'il se montre négligent, capricieux ou obstiné, et tout est perdu. On lui doit obéissance, certes. Mais la loyauté se mérite. Certains souverains ne le comprendront jamais. Et que sont les princes, sinon des jouvenceaux entêtés apprenant leur métier de roi ?* »

— Que sont-ils, en effet, père ? murmura Elminster, perdu dans ses souvenirs.

Le vent ne daigna pas répondre.

CHAPITRE III

DES NEIGES ROUGE SANG

Si l'hiver vous foulez
L'épais manteau de la neige
Prenez garde à ce que vous révélez
L'écho porte loin.

Antique rune-de-neige de la Côte des Epées

Enfin, Tyché entendit ses prières. Alors qu'Elminster traversait une vallée au galop, il aperçut un bivouac. Les traces lui apprirent que les soldats s'étaient mêlés à une autre patrouille plutôt que de retourner au fort, et de s'exposer au danger en pleine nuit.

Remerciant son dieu, El tira sur les rênes. Ses ennemis étaient devant lui.

Comme toujours avec la déesse de la chance, la situation était à double tranchant... Elminster devait abattre les cinq survivants de l'escarmouche *et* tous ceux qu'ils avaient joints. Un instant, il regretta de n'être pas un mage capable de noyer le bivouac sous des torrents de flammes... ou de faire surgir un dragon.

51

Le souvenir de Heldon le fit frémir. Sous sa cape, il palpa l'épée du Lion. Avec une grande dignité, il lança au vent :

— Le prince Elminster est un *guerrier*. Il tue pour se réchauffer, dépèce sa monture pour ne pas mourir de faim et se jette à corps perdu dans une nouvelle bataille... Et maintenant, il s'apprête à fondre sur vingt soldats. Alors qui est-ce, sinon un guerrier ?

— Un fieffé imbécile, bien sûr ! lança une voix.

Elminster se retourna sur sa selle. Juché sur un nuage invisible, un homme en cape noire le toisait...

Le jeune homme réagit d'instinct : sa main vola à sa ceinture, saisit une dague et la lança... L'arme traversa l'apparition et termina sa course dans la neige.

Un sourire finaud illumina le visage du sorcier.

— C'est une projection qui te parle, pauvre benêt. Tu nous as suivis jusqu'ici. Que veux-tu ?

Elminster joua les innocents :

— N'ai-je pas atteint Athalantar ? J'ai un message à remettre à un seigneur mage. En êtes-vous un ?

— Malheureusement pour toi, oui... *Prince* Elminster. J'ai entendu ta harangue. Tu es le fils d'Elthryn, celui pour qui nous battons la campagne.

El réfléchit. Un sorcier pouvait-il frapper par projection interposée ?

Une petite voix lui souffla : *Pourquoi pas ?*

Mieux valait ne pas prendre racine. El éperonna sa monture et tourna autour de son interlocuteur.

— Tu as juste entendu mon nom de guerre ! lança-t-il avec morgue. Mais il faut que j'y aille. D'autres seigneurs mages que toi ont des ambitions...

Le sorcier rit aux éclats.

El s'empourpra. Avoir galopé à bride abattue, risqué cent fois sa vie, tout ça pour être arrêté par une vulgaire *projection* pendant que les soldats l'encerclaient...

Tournant bride, le jeune homme repartit.

Du haut de la première colline qu'il gravit, le prince vit l'image disparaître. Un peu plus loin, des cavaliers amorçaient un mouvement circulaire pour le surprendre.

Il faisait nuit noire ; Séluné ne tarderait plus. Jusqu'où le sorcier pouvait-il voir ?

Elminster réfléchit : deux plans lui vinrent simultanément à l'esprit.

Primo, contourner ceux qui espéraient le capturer et fondre sur leur bivouac pour débusquer le mage et l'abattre avant qu'il ait le temps de lancer un sort.

Génial, mais quasiment impossible à réussir !

Secundo, se camper sur la piste, creuser la neige à et libérer sa monture. Si les soldats se lançaient à sa poursuite, il les tuerait les uns après les autres, puis capturerait une de leurs bêtes. *Alors*, il attaquerait le camp. Le sorcier éliminé, il exterminerait les survivants...

Encore plus irréalisable !

Il compta ses adversaires : neuf hommes.

Son cheval trébucha deux fois.

— Doucement..., murmura Elminster, accablé de fatigue.

Pour sûr, il n'était pas invincible !

Une attaque désespérée ne le tentait pas beaucoup. Mais fuir serait tout aussi stupide. De plus, cela reviendrait à renoncer à tous ses espoirs : venger ses parents, renverser la tyrannie des mages, restaurer la chevalerie...

El s'embusqua derrière un rocher, résolu à attendre l'ennemi de pied ferme.

Sautant à terre, il prit ses armes et flanqua un grand coup sur la croupe de sa monture, qui partit au galop.

Elminster resta seul dans la nuit.

Par les dieux, pas pour longtemps ! Neuf soldats fonçaient sur lui, assoiffés de sang.

Son arbalète armée et quatre dagues plantées devant lui, Elminster guetta l'instant propice.

Sa vie ne tenait plus qu'à un fil. Si ses ennemis le repéraient trop tôt, c'en serait fait du fils d'Elthryn.

La gorge sèche, le jeune homme mesura à quel point sa situation était désespérée.

Bientôt, il serait fixé sur son sort.

Il y eut un brusque roulement de sabots, puis des cris et des cliquetis métalliques. Que se passait-il ? Un soldat traversa le champ de vision d'Elminster...

Il visa avec soin et tira.

Le cheval se cabra, désarçonnant son cavalier. Tous deux roulèrent sur le sol. Puis la bête se redressa en hennissant.

Aucun autre cavalier n'apparut. De derrière la crête montaient des cris et des bruits d'armes. Décontenancé, Elminster reprit ses dagues. Arbalète en main, il s'approcha prudemment du théâtre des opérations.

Des cavaliers s'affrontaient. Le premier groupe était armé de bric et de broc, et vêtu d'un fatras d'armures et de tuniques mal assorties.

Par tous les démons, d'où sortait-il ?

L'autre faction, écrasée par le nombre, perdait rapidement pied.

Un soldat sortit de la mêlée et s'enfuit à bride abattue.

Le prince d'Athalantar visa le fuyard. Le carreau lui frôla l'épaule.

Manqué ! Pestant, Elminster encocha un autre carreau et tira derechef. La cible s'éloignait rapidement, mais l'angle était meilleur.

Cette fois, le trait fit mouche.

Touché dans le dos, l'homme tomba pour ne plus se relever.

— J'ignorais que nous avions des arbalétriers avec nous, cette nuit !

Ravi d'entendre une voix familière, Elminster se retourna :

— Heaume !

Le chevalier portait la cuirasse fatiguée, les gantelets rouillés et le casque cabossé qu'il lui avait vus la première fois... Et il empestait toujours autant ! Monté sur un cheval noir — en aussi piètre état que son maître —, il tenait une épée rouge de sang.

— Comment êtes-vous arrivé ici ? s'enquit le jeune homme, souriant à l'idée qu'il ne mourrait peut-être pas cette nuit, tout compte fait.

— Nous venons du Castel-Misère, répondit le chevalier, penché sur sa selle. Là-bas, bien des braves gisent dans une mare de sang ; Mauri n'a pas retrouvé *Eladar* parmi les morts, ajouta-t-il avec un clin d'œil.

— Quand je n'ai plus eu de soldats à tuer, déclara Elminster avec gravité, j'ai accouru ici. Les survivants vont indiquer à leurs chefs notre repaire. Ils ont rejoint une autre patrouille, quelque part derrière les collines.

— Onthrar ! beugla aussitôt Heaume. *A moi !* Vite, Elminster, ajouta-t-il, viens avec nous. Ce ne sont pas les chevaux qui nous manquent !

Le jeune homme secoua la tête.

— Mon combat est contre les sorciers.

Heaume en perdit son sourire.

— Es-tu prêt ? souffla-t-il. *Vraiment*, mon garçon ?

El écarta les bras.

— Celui qui se terre là-bas sait qui je suis.

Heaume lui donna l'accolade.

— Alors j'espère te revoir vivant ! Une attaque en force de leur camp t'aiderait-elle à occire ce thaumaturge ?

— Non, Heaume. Va, tu as aussi un combat à livrer. Si vous les exterminez, le Castel-Misère aura un ou deux hivers de répit, à condition que les bandits aient le bon sens de le déserter en été. Au dégel, les sorciers fouilleront ces collines, épées et grimoires au poing.

— Sages paroles. Fassent les dieux que nous nous revoyons en ce monde.

Il le salua de son épée. El lui rendit son salut.

Puis le chevalier repartit à l'assaut.

Il recommença à neiger. Le jeune homme se désaltéra en mâchant une poignée de neige, réunit ses armes et se dirigea vers son objectif : le camp.

Les sorciers devaient tôt ou tard épuiser leur répertoire, comme les archers, leurs carquois.

Restait à espérer que personne ne se servirait de la clairevision...

S'il voyait l'aube se lever, songea Elminster, il lui faudrait rendre mille grâces aux dieux.

*
* *

Calées sur des trépieds, des lampes-tempête éclairaient les hommes. La neige tourbillonnait. Caladar Thearyn se concentrait pour conserver une sphère en l'air et lancer un nouveau sort. S'il réussissait, un pont lumineux relierait la sphère à celle qui flottait près du champ de bataille.

Une incantation aux lèvres, le thaumaturge sentit monter l'énergie en lui. Dans son exultation, il vit les gardes reculer avec un respect craintif.

Deux arabesques complexes, un grand geste théâtral..., une dernière syllabe.

Le carreau qui visait son cœur le toucha à l'épaule.

La sphère en lévitation s'écrasa avec un crépitement qui couvrit les cris de douleur du sorcier. Gisant dans la neige, il entendit un autre projectile siffler à ses oreilles.

Les soldats dégainèrent leurs épées et passèrent à l'attaque.

Elminster les laissa venir... Comme il s'y attendait, un autre sorcier sortit d'une tente, bâton en main. Avec soin, El tira son dernier carreau, le visant à la gorge...

Puis il laissa tomber son arme et empoigna ses deux lames.

Les soldats approchaient. Une épée dans une main, une dague dans l'autre, El fonça...

Heaume avait eu raison : c'étaient de piètres combattants. Le prince se débarrassa d'eux avec une facilité déconcertante, énucléant le premier, étripant le deuxième...

Les survivants ne semblèrent plus si pressés d'en découdre avec lui. Sans perdre une minute, El courut vers le camp. Un chevalier en armure se campa devant lui. Esquivant son attaque, le jeune homme renversa un trépied et mit le feu à une tente.

Des cris retentirent. D'autres soldats accoururent, épée au clair. Elminster slaloma entre les tentes, s'enfonçant dans la nuit. Il se heurta à un garde, qu'il poignarda. L'homme s'écroula sans un cri. Talonné par les soldats, El reprit ses jambes à son cou. Au moins n'y avait-il aucun archer dans les parages... ou il aurait été déjà mort.

Elminster plongea derrière une colline. Le campement était en feu. Plus loin, le jeune homme aperçut d'autres guerriers — la bande de Heaume. Celui-ci le repéra et s'écria :

— Eladar ! C'est fait ?

— Un sorcier mort, l'autre blessé ! La moitié... du bivouac... me court après !

— Nos chevaux se reposent... et on détrousse les morts. Certains avaient des armures trop belles pour eux. Aurais-tu changé d'avis ?

— Venir avec vous paraît... une meilleure idée.

Heaume aboya des ordres avant de revenir vers le prince pour lui attribuer un cheval.

— Prends celui-ci, Eladar, et suis-moi.

Laissant derrière lui quatre hommes chargés du butin et des chevaux de réserve, les chevaliers d'Athalantar se dirigèrent sur le camp qu'avait fui le prince.

L'un d'eux abattit son premier soldat d'un carreau dans la gorge. L'exploit fut salué par des cris de joie.

— Tu sembles nous porter chance ! lança Heaume à El. Nous conduiras-tu à l'assaut de Hastarl ?

— Je suis las de verser le sang, Heaume ! Et plus nous en ferons, plus la riposte, au printemps, sera sanglante. Une poignée de marchands occis est une chose ; le massacre systématique des patrouilles en est une autre. Nos ennemis n'oseront pas laisser de tels crimes impunis. Ce serait donner trop d'idées aux rebelles.

Heaume acquiesça.

— C'est juste. Pourtant, faire mordre la poussière à ces chiens est tellement exaltant ! Vois ces tentes en flammes ! Tu as bien travaillé, mon garçon. Espérons que tu n'as pas brûlé les vivres !

Elminster éclata de rire. Les chevaliers ne firent qu'une bouchée des survivants, abandonnant les fuyards à leur sort.

Le silence retomba sur le camp dévasté.

Beuglant à tue-tête, Heaume réorganisa ses troupes :

— Postons des gardes ici, ici et là, dans l'ombre. Les autres : six par tente encore debout, et ensuite, au rapport. On ne détruit rien sans mon avis ! Si vous trouvez des survivants, appelez à l'aide.

Les preux se dispersèrent. Découvrir des réserves de vivres provoqua des cris de joie ; du sorcier blessé, il n'y avait nulle trace.

— Bien, décréta Heaume. Restons là pour la nuit. Festoyons et, au matin, retournons au Castel-Misère ; les tentes abriteront nos chevaux, près de la Grotte des Vents. Ensuite, prions qu'Auril et Talos nous envoient de la neige pour couvrir nos traces !

Un concert d'approbations salua la harangue. Penché sur l'oreille d'Elminster, Heaume ajouta à mi-voix :

— Tu voulais quitter les collines, mon garçon... et je ne peux m'empêcher de penser que tu es sur la bonne voie. Il faut cacher les grimoires et tout l'attirail des sorciers vaincus... Je connais une grotte, près de Heldon, qui fera l'affaire. Jusqu'au redoux, tu pourras chasser le daim en m'attendant. Si des soldats viennent rôder dans le coin, réfugie-toi dans la Haute Forêt. Ils n'oseront pas s'y aventurer. (Il se gratta le menton.) A la réflexion, tu ne seras jamais un guerrier. Peut-être l'anonymat des foules de Hastarl te réussirait-il mieux. Tu côtoierais les mages à leur insu et tu fourbirais tes armes en attendant ton heure... Qu'en dis-tu ?

— Oui... C'est un plan judicieux...

Heaume posa une main sur l'épaule du garçon... et le rattrapa avant qu'il touche terre.

El sombra dans l'inconscience.

*
* *

Elminster rouvrit les yeux : il *volait* !

Sa tête heurta le plafond de l'étable où il s'était réfugié pour la nuit après avoir quitté ses compagnons, qui l'avaient soigné avec une étonnante gentillesse.

— Mille pardons, mon prince ! fit une voix goguenarde. Je crains de vous avoir tiré en sursaut de votre somme...

Suspendu dans les airs, le jeune homme découvrit son adversaire : un sourire malveillant aux lèvres, il se tenait entre deux stalles. L'éclat bleuté de la magie dansait sur ses mains et sur son médaillon.

Paralysé, El était à sa merci ! A grand peine, il articula :

— Qui... êtes-vous ?

— Caladar Thearyn, pour vous servir !

Une force invisible tira El en avant ; une fourche jusque-là rangée contre un mur s'envola à son tour, menaçant son œil gauche.

La gorge nouée, le jeune homme souffla :

— Tu ne laisses aucune chance à tes ennemis...

L'autre éclata de rire.

— Quel *âge* as-tu, mon prince ? Seize printemps ? Et tu crois encore qu'il existe une justice ? Tu te prends pour un guerrier ; moi, je me targue d'être un magicien. A chacun ses armes. Où est l'injustice ?

La fourche approcha de l'œil d'Elminster, qui déglutit avec peine.

— On n'est plus si brave, hein ? Dis-moi, prince d'Athalantar, qu'es-tu prêt à faire afin de survivre ?

— Pourquoi ? Qu'attends-tu pour me tuer ?

— « *D'autres seigneurs mages que toi ont des ambitions...* » cita Caladar, ironique. Tu n'es pas sans intérêt. Si quelque chose devait arriver à Belaur, disposer d'un atout tel que toi serait commode pour la suite des événements... Ta valeur politique sera la même quand je t'aurai transformé en... tortue, peut-être. Ou mieux : en asticot ! Tu te nourriras des soldats que tes amis ont occis...

Le sorcier éclata d'un rire à glacer les sangs. Elminster était trempé de sueur. Réduit à l'impuissance, il ferma les yeux.

Son adversaire les lui fit rouvrir de force, lui enfonçant ses protestations dans la gorge.

— Tu ne crieras pas, au risque d'ameuter la populace... Je veux voir ton expression pendant que les dents de la fourche te crèveront les yeux...

Le jeune homme vit les pointes métalliques se rapprocher encore de ses prunelles...

Derrière son bourreau, une porte s'ouvrit sans bruit.

Hache levée, un costaud moustachu entra, se glissa derrière le sorcier... et le décapita proprement.

Elminster et la fourche retombèrent sur le sol.

Se relevant d'un bond, El saisit son épée, prêt à tout.

— *Arrière*, prince ! beugla l'homme. Des sorts peuvent encore être actifs, malgré sa mort !

60

Hache toujours au poing, l'homme examina le cadavre. Seul le médaillon scintillait encore.

— Son pendentif est magique, dit Elminster, mais je ne détecte rien d'autre. Merci.

L'inconnu s'inclina.

— C'est un honneur pour moi, si vous êtes bien un prince...

— Je suis Elminster, fils de feu Elthryn. Heaume Pierrelame vous a recommandé à moi..., si vous êtes bien Broarn.

— En effet. Soyez le bienvenu en mon humble logis. Toutefois, je dois vous prévenir, prince : six soldats dorment aussi sous ce toit, plus un marchand à la solde des sorciers.

— Cette étable est le palais dont j'ai besoin... Depuis que j'ai quitté les Collines du Cor, je fuis les nécromanciens et leur soldatesque... Existe-t-il un havre de paix au monde, loin de cette engeance ?

— Nul n'est à l'abri de la magie. C'est pourquoi ces gens règnent aujourd'hui, non le Peuple-Fée.

— Je croyais que la magie des elfes surpassait de loin celle des humains.

— Si les mages elfiques s'unissaient, ce serait le cas. Mais malgré leur nature belliqueuse, les elfes n'aiment pas les boucheries. Ils passent le plus clair de leur temps à se chamailler. S'amuser et prendre du bon temps, au lieu de se consacrer aux tâches utiles, voilà ce qui leur convient !

L'aubergiste donna une couverture à son auguste hôte. D'une niche, il sortit du pain et de la viande et les posa sur un plateau avant de poursuivre :

— Les sorciers humains ont des connaissances limitées, mais ils s'efforcent d'en apprendre toujours plus. Les elfes, eux, croient déjà tout savoir... et ils se tournent les pouces avec conviction.

Elminster avisa un tabouret et s'assit.

— Dites-m'en plus, je vous en prie. Ce Caladar se gaussait de mon ignorance et il avait raison. J'aimerais apprendre, découvrir le monde...

Broarn lui tendit le plateau de victuailles et sourit en le voyant attaquer la nourriture avec enthousiasme.

— Ah, mais vous avez conscience de vos carences... Ce n'est pas donné au commun des mortels, mon seigneur. D'Athalantar, il y a peu à dire : les princes et les mages tiennent ce pays à la gorge et ils n'ont pas l'intention de lâcher prise. Néanmoins, malgré leurs grands airs, ils ne feraient pas le poids contre leurs confrères, au Sud. (Intrigué, Elminster leva la tête.) Oui, le Sud a toujours été plus riche et plus peuplé. Calimshan en est le plus important royaume. Les marchands encapuchonnés, à la peau couleur sable, en sont originaires.

— Je n'en ai jamais vu.

L'aubergiste se lissa les moustaches.

— Vous sortez vraiment de votre campagne, mon garçon... En deux mots, au nord de Calimshan, des forêts sauvages, irriguées par des fleuves, sont les chasses gardées de la noblesse. Un archimage, Ilhundyl, les a mises en coupe réglée, les baptisant Calishar. On le surnomme Feu Follet, car il n'en fait qu'à sa tête, se moquant éperdument des conséquences de ses actes. Tous ceux à qui être transformés en grenouille ou en faucon ne disait rien ont émigré vers le Nord.

Elminster soupira.

— On dirait qu'on n'est nulle part à l'abri de ces fous furieux.

— En effet, messire. Si vous devez fuir, courez jusqu'à la Descente de la Licorne, dans la Haute Forêt. Les sorciers craignent le Peuple-Fée... non sans raison. Les elfes ont trop perdu de terrain ; désormais ils se battront pour chacun de leurs arbres. Si vous avez la soldatesque aux trousses, réfugiez-vous dans la Forêt des Wyrms, célèbre pour ses dragons irascibles... Les mages ont tué le dernier il y a vingt ans. Mais les réputations ont la vie dure... Les bonnes gens évitent encore cette zone comme la peste.

— Et si je veux tenir tête à mes ennemis ? s'enquit le jeune homme. Comment l'emporter contre un thaumaturge ?

Broarn écarta ses grandes mains :

— Apprendre... ou se payer une magie supérieure à la sienne.

— Comment se fier à un homme plus puissant que des seigneurs mages ? Après avoir écarté ces gêneurs, qu'est-ce qui l'empêcherait de s'emparer du trône ?

— Vous avez raison. Eh bien... l'autre moyen est plus lent et moins sûr.

— Lequel ?

— Miner leur pouvoir... tel un rat dans un garde-manger.

— Comment un homme se change-t-il en rat ?

— En devenant un voleur dans les foires de Hastarl, et en ouvrant grands ses yeux et ses oreilles. Les guerriers doivent marcher la tête haute et brandir l'épée... Ils sont une cible rêvée pour les sorciers et leurs foudres. Quant aux hors-la-loi, trop souvent la faim les pousse hors de leur tanière. Vous en savez quelque chose. Vous avez déjà exploré les contrées sauvages de ce pays... Il est temps de découvrir les roueries des bourgs. Cela forge le caractère, dit-on. De plus, un paladin n'a pas la vie plus facile qu'un tire-laine...

Avec un sourire, El se leva et s'enquit :

— Avez-vous une pioche ?

— Bien sûr. Et du fumier, mon prince.

Tels deux fossoyeurs, ils se mirent au travail.

*
* *

— Emportez ce pendentif, de grâce, et cachez-le ailleurs, dit Broarn à Elminster, un peu plus tard. Je

ne veux pas voir surgir ici des sorciers désireux de
« m'interroger » sur le sort de leur confrère.

— N'ayez crainte. Je l'enfouirai sous une pierre,
sur la route. N'importe quel bandit de grand chemin
aura pu l'y dissimuler.

— Très bien. Je...

Sourcil froncé, il fit signe à son compagnon de
garder le silence.

L'oreille tendue, il se pencha vers le mur du fond
de l'étable. A pas de loup, il alla décrocher une vieille
hache. Elminster s'empara de son épée.

Sans bruit, la porte s'ouvrit... sur Heaume.

— Vous m'attendiez, mes agnelets ? ricana-t-il.

— Entre donc, Heaume ! grommela l'aubergiste.

Plus crotté que jamais, le chevalier lança :

— J'ai amené des amis... Dis-moi, El, que fais-tu
là ? Tu devrais être loin à l'heure qu'il est.

— Le sorcier que j'avais blessé m'a vite retrouvé...
Il a failli m'avoir. Broarn l'a abattu avec cette hache.

Heaume lorgna l'aubergiste avec un respect nouveau. Puis il tourna autour de lui comme s'il s'agissait
d'une dame en robe d'apparat.

— Qu'avons-nous là ? Un pourfendeur de mages...
Bienvenue dans une confrérie très prisée, l'ami !

— Heaume, l'interrompit Broarn, pourquoi es-tu
ici ? Tu n'ignores pas que mon auberge fournit le gîte
et le couvert à des soldats.

Durant l'échange, des chevaliers s'étaient glissés
dans l'étable, vêtus des armures « empruntées » aux
soudards d'Athalantar.

— Nous avons un petit problème... Mauri claque
des dents dans la neige avec une vingtaine d'autres
braves.

— Castel-Misère est tombé ? s'étrangla Broarn.

— Non. Nous avons fui avant d'être faits comme
des rats. Les sorciers ont envoyé douze des leurs à la
tête d'un détachement armé. Plus d'une vingtaine des

nôtres ont été abattus. Ils savent maintenant où est le repaire.

— Vous avez donc pensé à moi... Quel honneur, mes seigneurs ! ironisa l'aubergiste.

— Nous ne comptons pas nous éterniser ici, Broarn, seulement voler une ou deux montures, officiellement, du moins. Je vois que tu as fait connaissance avec notre jeune « fermier », Eladar... (Les deux hommes échangèrent un regard éloquent.) El avait raison : après notre coup d'éclat, les sorciers sont décidés à débarrasser la région de nos encombrantes carcasses... S'ils laissaient passer l'affront, bientôt tout le royaume se soulèverait. Alors nous devons fuir. Des suggestions, ô sage tenancier ?

Broarn renifla de dédain.

— Courez à Calishar et persuadez Ilhundyl de vous enseigner son Art pour devenir à votre tour experts en magie noire. Puis revenez écraser vos ennemis... A moins qu'un enchanteur compréhensif vous transforme en grenouilles pour les tromper. Ou que les royaumes elfiques vous accueillent et vous protègent... Ou encore que les dieux se fendent de miracles pour vous... J'ai fait le tour de la question, je crois.

— Non, intervint Elminster avec calme. Vous avez oublié une possibilité.

Heaume et Broarn sursautèrent.

— C'est *toi* que je vais pourfendre, mon garçon, lança le chevalier, si tu continues à faire le malin !

— Notre ami Caladar m'avait tenu à peu près le même discours... Tu vois où ça l'a mené...

Le chevalier éclata de rire, bientôt imité par ses compagnons. L'air innocent, El finit son repas. Qui sait quand il aurait à nouveau l'occasion d'assouvir sa faim ?

— Très bien, mon gars, reprit Broarn, son hilarité calmée. Que proposes-tu ?

— Allons en ville et disparaissons dans la foule ! Les sorciers hésiteront à massacrer tout le monde, au risque de n'avoir bientôt plus de vassaux... Allons à Hastarl...

Heaume et ses complices en restèrent pantois.

— Mais au premier incident, c'en sera fait de nous tous !

— Non pas ; garder les moutons m'a inculqué la patience... Et la chasse aux sorciers m'enseigne la ruse.

— Tu es fou..., marmonna un des guerriers.

— Une minute, grogna un autre. Plus j'y pense, moins ça me paraît idiot.

— Tu veux que la mort te guette à chaque coin de rue ?

— Et qu'y aura-t-il de changé ? A Hastarl, au moins, nous aurons un toit et une cheminée durant l'hiver !

Les chevaliers débattirent vivement jusqu'à ce que Broarn les rappelle à l'ordre, leur brandissant la hache sous leur nez :

— *Moins fort*, mille tonnerres ! Vous tenez tant à ameuter la soldatesque qui dort ici ? Quoi que vous décidiez, repartez dans les bois ! A l'aube, je ne veux plus voir un seul de vous entre ces murs. Heaume, amène Mauri par l'arrière-cour. Elle sera en sécurité sous mon toit. Maintenant, hors d'ici ! Et que les dieux veillent sur vous !

*
* *

La réunion secrète se terminait ; c'était le moment ou jamais de frapper ! L'exploit le propulserait au niveau des seigneurs mages ! Il n'aurait plus à jouer les apprentis avec le vieil Harskur. Le pouvoir était à portée de main...

Saphardin Olen laissa mourir le sort qui lui avait

permis d'épier la scène et, bâton en main, s'apprêta à frapper un grand coup.

— Mourez, tas de crétins ! siffla-t-il...

... Avant de s'écrouler, le crâne réduit en bouillie par une grosse pierre.

Tandis que le sang coulait sur la neige, deux bâtons lévitèrent jusqu'à un bosquet d'arbres. Une grande femme mince les regarda venir vers elle.

A la vue de son teint laiteux et de sa chevelure couleur miel, n'importe quel fermier se serait incliné bien bas. Sur sa cape vert feuille scintillaient des anneaux en fils d'argent.

L'enchanteresse salua les hors-la-loi, sur le départ. Puis elle s'enfonça dans les bois décharnés.

Elminster étreignit une dernière fois Heaume avant de partir seul vers le sud.

— Tu as l'âme bien trempée, prince d'Athalantar, chuchota la femme. Puisses-tu vivre et montrer de quel bois tu te chauffes...

DEUXIÈME PARTIE
MONTE-EN-L'AIR

CHAPITRE IV

ILS SORTENT LA NUIT

Des voleurs ? Fi, le vilain mot ! Tenez-les plutôt pour des chevaliers s'entraînant... Vous voulez ergoter ? Eh bien, considérez-les comme la catégorie la plus honnête de commerçants.

Oglar, maître tire-laine
dans la pièce anonyme, *Epées et Tessons*
Année du Campagnol Huant

C'était un jour d'été pluvieux et étouffant de l'Année de la Flamme Noire. A la tombée de la nuit, pour goûter enfin un peu de fraîcheur, les habitants de Hastarl s'allongeaient sur les toits de leurs demeures, plus ou moins dévêtus.

Cela profitait à une certaine catégorie de « commerçants », qui pouvaient ainsi joindre l'utile à l'agréable.

Un certain Farl, par exemple, lorgnait avec plaisir les beautés ainsi dévoilées aux regards.

— Quand tu auras fini de te rincer l'œil..., maugréa Elminster, son complice.

Sous les combles d'une petite tour, tous deux guettaient l'occasion d'agir.

Enfin des nuages masquèrent la lune. El se glissa par l'étroite fenêtre avec l'aisance d'une longue pratique.

Avec une force surprenante, Farl guida la descente de son complice, jusqu'à ce qu'un coup sec, sur la corde, l'avertisse qu'il était arrivé.

Elminster se balançait devant une autre fenêtre. Délicatement, à l'aide de bâtons enduits de colle, il l'entrouvrit... et tendit l'oreille.

Aucun bruit.

Retenant son souffle, il fit pénétrer ses outils de travail dans la chambre et explora à l'aveuglette.

Quand il retira les bâtons, une pierre précieuse était engluée au bout de l'un d'eux. El la glissa dans le sachet qu'il portait au cou... et il se remit à l'œuvre avec la virtuosité d'un professionnel.

Mais cette nuit, la difficulté défiait ses capacités. Au bout de la troisième tentative infructueuse, Farl vit son jeune complice essuyer ses paumes moites de sueur sur ses braies... Il savait ce qu'un tel geste signifiait : Eladar le Noir allait prendre des risques insensés.

Farl adressa une prière silencieuse à Mask, le Seigneur des Voleurs.

Une fois de plus, Elminster introduisit ses bâtons dans la pièce où dormait la femme du marchand. Survolant la couche, il effleura le pectoral d'émeraudes qu'elle portait même en dormant. Le joyau en était une araignée finement ciselée ayant pour corps un gros rubis... Avec une patience infinie, Elminster orienta ses baguettes...

Quand il récupéra le fruit de son larcin, la chaleur du corps féminin, encore perceptible dans le bijou, le fit soupirer.

Les femmes restaient un mystère pour l'adolescent.

A *La Fille Avenante* se pressait une foule bigarrée. Les grivoiseries allaient bon train. Chopine en main, Farl et Eladar choisirent une place reculée, au fond de la pièce ; de là, ils pouvaient voir sans être vus et surveiller qui entrait. Très vite, Farl n'eut bientôt plus d'yeux que pour Budaera, une habituée des lieux. Morose, Elminster contemplait le fond de sa chope, quand, soudain, il sentit une main audacieuse le caresser...

Shandathe était surnommée « l'Ombre » à cause de la discrétion de ses allées et venues. Plus d'une fois, El et Farl s'étaient dit que cette damoiselle devait aussi être de la guilde des monte-en-l'air, car elle aurait pu en remontrer aux meilleurs de la cambriole.

Devant ses grands yeux noirs mystérieux, le jeune homme déglutit avec peine.

— Tu as de l'argent, Eladar le Noir ? susurra-t-elle.

— Une ou deux piécettes..., bafouilla-t-il.

— Une ou deux, mon seigneur ? Tu es certain ? Plus de pièces tu me donneras, plus de plaisirs je t'offrirai...

De la pointe de sa langue, elle titilla la paume du jeune homme.

El sentit qu'on le poussait dans le dos. Faisant volte-face, il se trouva nez-à-nez avec un garde en uniforme, flanqué d'un autre soldat. Tous deux accompagnaient un quidam à l'air arrogant. Vêtu de soie, les cheveux roux, l'homme portait une chaîne d'or avec pour médaillon une tête ciselée de lion rugissant. Gemmes et métaux précieux ornaient tous les doigts de ses mains.

Ce n'était pas du toc, nota Elminster, écœuré, avant d'échanger un regard complice avec Farl.

— Alors, petite, on est occupée ? lança l'individu d'une voix graveleuse.

73

Il claqua des doigts : aussitôt, un serviteur posa une dizaine de pièces d'or devant Shandathe.

— Combien d'années mon seigneur désire-t-il passer avec moi ? souffla-t-elle, ravie.

Les gardes eurent tôt fait de débarrasser les lieux des indésirables, traitant par le mépris les protestations des autres « dames ». Un butor tira si brutalement Budaera qu'elle tomba à la renverse et cria de douleur.

— Pour *qui* vous prenez-vous ? fulmina Farl, scandalisé.

Un des soldats avança. Claquant des doigts, Farl fit apparaître une dague dans sa main.

— Je suis Jansibal Otharr, lâcha le seigneur.

— As-tu entendu parler d'un bouffon de ce nom, El ? lança Farl.

Jouant aussi du couteau, Elminster fit reculer le garde qui prétendait le rudoyer et se dégagea.

— Non, mais quoi de plus semblable à un rat qu'un autre rat ?

Les témoins hoquetèrent. Un silence tendu tomba. Jansibal rougit de colère... Puis un sourire malveillant ourla ses lèvres.

Le chien entendait les voir morts, *ici et maintenant*, comprit Elminster avec un pincement au cœur.

L'escorte du noble resserra son étau autour des jeunes gens.

Mais une voix s'éleva :

— Voilà le genre d'affront qu'un... homme... d'honneur... doit laver dans le sang, non en déclenchant une rixe d'ivrogne qui lui coûtera au moins deux gardes.

Jansibal et ses séides firent volte-face. Devant eux se dressait un autre seigneur, aussi bien habillé, et visiblement amusé. Il portait de la soie, des dragons brodés se poursuivant sur ses manches bouffantes.

Et lui aussi disposait de sa garde personnelle, épées au clair...

Le silence se fit plus pesant. Les autres clients, attablés plus loin, se tordirent le cou pour mieux profiter du spectacle.

— Allons, Jansibal, continua le seigneur, Laryssa t'a-t-elle de nouveau éconduit ? Ta... hum..., gloire aurait-elle laissé Dlaedra de marbre ?

— Va au diable, Thelorn ! Tu ne pavoiseras pas toujours à l'ombre de ton illustre père !

— Mon père a le bras plus long que le tien, Janz. J'étais venu vider une pinte avec mes compagnons... Mais une odeur épouvantable nous a attirés dans ce coin, histoire de découvrir quelle carcasse exhalait de tels miasmes... Tu devrais renoncer à ces parfums de pacotille. Une servante risque de te verser un pot de chambre sur la tête pour chasser la puanteur !

— Tu creuses ta propre tombe avec tes jacasseries, Selemban ! Déguerpis avant que mes hommes te rectifient le portrait avec du verre brisé !

— Moi aussi, je t'aime, Jansibal..., ironisa le noble. Par qui commençons-nous ? Mes *six* braves brûlent d'en découdre avec tes sbires.

Derrière lui, deux autres hommes en uniforme se rapprochèrent, lames tirées.

— Pas question de ferrailler avec ces coupe-jarrets, lâcha Jansibal, hautain. On connaît ton goût pour les « accidents » commodes.

— Tu peux parler, toi qui manies si bien les stylets à la pointe enduite de poison... N'es-tu pas las de tant de faux-semblants, Janz ? Ou ta nature si aimable t'empêche-t-elle de réaliser que tu n'es qu'un asticot ?

— Ferme-la ! gronda Jansibal, ivre de rage, ou bien...

— Ou tu feras un carnage, c'est ça ? J'ai remarqué qu'à ton arrivée, ces dames augmentaient leur tarif...

Jansibal chargea ; les deux soldats les plus proches voulurent l'intercepter... Leurs épées rebondirent contre un bouclier invisible. Placide, Thelorn Selemban pointa sa lame sur le nez de son adversaire, opposant ses ressources aux siennes. Jansibal s'immobilisa.

— Otharr et Selemban, au nom du roi, assez ! tonna une voix.

Comme face à une épée tirée, l'attroupement s'écarta devant le nouveau venu, à la barbe grisonnante.

— Je suis le maître d'armes Adarbron. Ce soir, je rapporterai aux seigneurs mages toute mort d'homme, mutilation... ou désobéissance de votre part ! Maintenant, retournez dans vos pénates !

Les deux coquelets virent nombre de clients de l'auberge se regrouper autour du maître d'armes. A la perspective d'une bataille rangée, une joie mauvaise se lisait sur leurs visages. Il devait s'agir d'hommes de troupes venus vider un verre ; au moindre prétexte, ils adoraient estropier et tuer.

Les gardes du corps d'Otharr comme de Selemban sortiraient tous les pieds devant.

Les deux nobles renvoyèrent leurs séides de mauvaise grâce. Otharr traîna dans une alcôve sa « conquête » de la nuit, Shandathe.

Thelorn Selemban et le maître d'armes regagnèrent le comptoir ensemble ; Farl et El échangèrent un regard.

Avant l'avènement des seigneurs mages, la vie avait-elle toujours été ainsi ? Tous les seigneurs possédant quelque pouvoir avaient-ils été aussi cruels que ces deux-là ? A quel point étaient-ils plus honorables, ou méprisables, que Farl et Eladar le Noir, deux voleurs qui perpétraient leurs méfaits depuis les toitures, leur quartier général ?

Communiquant par signes, El et Farl agirent avec un bel ensemble : profitant du brouhaha des conversations, qui avaient repris de plus belle, ils s'introduisirent dans l'alcôve, qu'ils plongèrent dans l'obscurité en mouchant la chandelle, puis ils assommèrent Jansibal. Farl plaqua une main sur la bouche de la jeune femme, qui se détendit en le reconnaissant. Puis il prit la place du gros noble, au ravissement de la belle.

El s'assura que personne n'avait remarqué le manège. Ignorant les pièces d'or qui avaient glissé quand Janz avait déchiré le corset de Shandathe, il se pencha sur le couple enlacé pour prélever une des boucles d'oreille de la jeune femme.

— *Quoi ?*

— *Chut !* Je vais attirer l'autre imbécile ; n'aie crainte, je te rends ta babiole sur l'heure.

Sans hâte, il referma la tenture et traversa la salle bondée pour rejoindre Thelorn et le maître d'armes, toujours accoudés au bar.

— Mille pardons, messires, murmura-t-il. Mais l'amour, qui m'envoie, ne souffre aucun retard. La dame que le sieur Otharr désirait s'avoue déçue par... sa piètre performance au lit ; elle espère qu'un autre gentilhomme de qualité, tel que vous, mon seigneur, sera plus doué pour les jeux du désir. Elle a trouvé des plus impressionnants votre prestance et votre esprit de repartie ; elle aimerait fort avoir votre compagnie ce soir.

Flatté, Thelorn sourit ; le maître d'armes roula des yeux et se détourna.

Le jeune noble suivit El jusqu'à l'alcôve.

Thelorn entrouvrit la tenture, aperçut la dame, nue comme au jour de sa naissance, et la rejoignit. Aussitôt, Elminster l'assomma. Farl bondit de sa cachette pour tirer leur victime dans l'alcôve ; sans perdre une minute, les deux lascars se remplirent les poches. Shandathe se rhabilla, enfouit son écot dans son giron et les gratifia chacun d'un baiser chaleureux. Elle était aussi belle qu'Elminster l'avait imaginé.

Une autre nuit, peut-être...

Délestés de leurs atours, Jansibal et Selemban furent placés dans les bras l'un de l'autre... On les trouverait

nus, enlacés dans une posture pour le moins inatten-
due, eu égard à leur inimitié...

Ricanant dans leur barbe, les deux compères quittèrent l'auberge par l'arrière-cour. La belle simula un
accès de faiblesse pour abuser d'éventuels témoins.

Ne doutant de rien, un coupe-jarret sortit de l'ombre. Quand il vit El tirer sa dague — un regard de
Farl l'avait alerté —, l'homme battit en retraite. Sans
un mot, le trio se dirigea vers la boutique de Hannibur.

Le vieux boulanger vivait seul dans son magasin.
Son visage parcheminé, sa jambe de bois, sa langue
de vipère et sa pingrerie naturelle lui valaient le
dédain des belles de la cité. En revanche, il jetait
régulièrement dans son arrière-cour les pains inven-
dus, faisant le bonheur des gamins affamés qui venaient y jouer.

— Que mijotez-vous, mes seigneurs ? souffla
Shandathe d'une voix où perça un brin d'inquiétude.

Farl et Elminster avaient une certaine réputation...

— Nous devons te cacher avant que ces brutes, à
leur réveil, lancent leurs âmes damnées à tes trousses,
pour se venger sur ton corps, avant de te faire la
peau, lui dit Farl sans ambages.

— Oui, mais où allez-vous me cacher ?

Son galant désigna la boutique d'où montaient les
ronflements de Hannibur.

Shandathe ouvrit de grands yeux.

— Etes-vous *fou* ? siffla-t-elle. Si vous croyez
que...

Farl glissa ses mains aux bons endroits tout en lui
scellant les lèvres d'un baiser. Au bout d'un moment,
elle cessa toute résistance et...

Farl poussa la jeune femme inerte dans les bras de
son compagnon. Puis il fit une pyramide avec les
cageots abandonnés par les livreurs, tandis qu'El
baissait les yeux sur Shandathe, si belle, si chaude...

Bientôt, elle reviendrait à elle, retrouverait son souffle et... les agonirait d'injures.

— C'est sa *nuit* de chance, ironisa Farl, parlant de Hannibur.

— Certainement, murmura El. Plus que pour moi...

La jeune femme sur les épaules, il escalada à son tour les cageots. Puis ils la firent passer par la fenêtre et l'installèrent au côté du vieux boulanger. A grand peine, ils continrent leur hilarité en contemplant leur œuvre : le vieil Hannibur, à demi enfoui sous un affriolant jupon de femme.

Les voleurs dégringolèrent dans la rue, déséquilibrant l'empilage précaire. Ils prirent leurs jambes à leur cou ; une fois loin du quartier, ils se tordirent de rire.

— Fichtre ! hoqueta Farl. Et voilà le travail !

Elminster lui tendit la boucle d'oreille qu'il avait gardée.

— Voilà qui nous dédommagera en partie de nos peines...

El sortit de sa poche trois gros maillons d'or.

— J'ai raccourci la chaîne de notre ami... Son lion rugissant pendait trop bas sur son torse avantageux !

Farl éclata de rire de plus belle.

*
* *

Depuis cette nuit-là, Séluné avait brillé trois fois au-dessus des hautes tours d'Athalgard ; toute la ville parlait des « tendres penchants » de deux rejetons des seigneurs mages, une inclination qu'ils avaient fort bien cachée...

Jusque-là.

La soldatesque écumant les tripots d'Athalgard à la recherche d'un certain quidam aux cheveux noirs et au nez aquilin et de son complice, Eladar et Farl avaient jugé opportun de se faire plus discrets. Ils attendraient que retombe l'émoi provoqué par le scandale, ou que d'autres mésaventures l'éclipsent.

Les jeunes gens avaient trouvé refuge à l'autre bout de la ville, dans un ancien cimetière, près de la décharge publique. Les cryptes à l'abandon n'étaient plus que ruines sous les arbres qui y avaient pris racine.

La mort était l'ultime égalisatrice. Sous son joug, pauvres et riches redevenaient égaux. Les machinations, les vantardises et tout l'or du monde ne sauvaient personne, à la fin.

Qu'importaient les belles — et mensongères — épitaphes dédiées à ceux qui gisaient six pieds sous terre ?

Quel piètre réconfort pour les défunts, songea Elminster.

A l'ombre des futaies, les deux amis buvaient gaiement, se moquant comme d'une guigne des mausolées effondrés sur lesquels ils se prélassaient.

— J'ai réfléchi, déclara Farl de but en blanc.

— Je compatis, dit Elminster, affable.

— Ah ! ah ! J'ai réfléchi entre deux orgies, disais-je.

— Je me demandais quand tu en avais trouvé le temps...

— Te souviens-tu de nos tourterelles à l'auberge ?

— Oh oui !

— Ces filles se font un argent fou. Dénicher leur pécule et les en soulager serait un jeu d'enfant.

— Pas question ! Ne compte pas sur moi pour ce genre d'entourloupe. Tu tondras seul la laine sur le dos de ces moutons-là.

— D'accord. Je n'ai rien dit ! Maintenant, donne-moi tes raisons.

— Je refuse de dépouiller ceux qui peinent pour survivre, qui ne mangent pas à leur faim...

— Tu as des principes ?

— J'en ai toujours eu. Tu le sais.

— Je croyais que tu voulais exterminer les sorciers d'Athalantar.

— Tous ceux de leur espèce, oui. Et je tiendrai parole. Etape après étape, en évitant les querelles inutiles, je suis mon bonhomme de chemin. Parfois pourtant, je me surprends à rêver... d'une autre vie.

— Ripailler toutes les nuits... Avoir tant d'or et d'argent que je n'aurais jamais plus à me cacher dans un tas de fumier que les soldats sondent de leurs hallebardes...

— Rien d'autre ? Rien de plus... élevé ?

— A quoi bon ? Féérune ne manque pas de prêtres qui passent leur vie à ça ! Et mon estomac vide ne cesse de me seriner sa complainte...

— Quels dieux devrais-je adorer ?

Pris de court, Farl haussa les épaules.

— A toi de le découvrir, comme tout un chacun. Seuls les imbéciles obéissent au premier venu.

L'amusement fit pétiller les prunelles bleu-gris d'« Eladar ».

— Que font les prêtres ?

— Ils chantent à longueur de journée, piaillent et trucident les adorateurs d'autres dieux, à ce que je sais.

Elminster enchaîna :

— A quoi bon avoir la foi, en ce cas ?

Farl ouvrit de grands yeux.

— Qui pourrait le dire... ? Les gens désirent croire en quelque chose de meilleur que leur quotidien, et qui ne soit pas inaccessible. Ils ont besoin de s'intégrer à une communauté et de se sentir supérieurs aux étrangers. Voilà la raison d'être des confréries, des associations, des compagnies...

— Les gens font ça pour s'entre-tuer ensuite au nom de leur « groupe » d'élection..., pour se sentir supérieur à leur prochain ?

— Exactement. Si nous devons continuer à faire la

nique à la mort, toi et moi, il serait bon que j'en sache plus sur *ton* code de conduite. Au brigandage, tu préfères les petits travaux : surveiller des étals, travailler sur les docks, faire des courses... Mais qui ne le préférerait pas aussi ?

— Les mordus du risque, les casse-cou invétérés...

Farl pouffa de rire.

— Oublie-moi une minute ! Alors ?

Elminster réfléchit.

— Jamais je ne tuerai des innocents... et je déteste voler, hormis aux marchands avides, déplaisants ou ouvertement malhonnêtes. Et aux sorciers, cela va sans dire.

— Tu les hais de tout ton cœur, hein ?

— Je méprise les lâches qui se dissimulent derrière la magie et traitent les autres de haut parce qu'ils ont pu apprendre à lire, et qu'ils ont hérité d'un don ou autre. Au lieu d'écraser leurs semblables, ils devraient mettre leur Art à leur service.

— Suppose que tu sois Belaur : que pourrais-tu faire d'autre à part obéir aux nécromanciens ?

— Le roi est peut-être leur jouet. Il ne daigne jamais paraître devant ses sujets, qu'il est censé protéger. Comment le saurais-je ?

— Une fois, tu as dit que tes parents avaient été tués par un sorcier chevauchant un dragon.

— Ah oui ?

— Tu étais ivre. Peu après avoir fait ta connaissance, je devais en savoir plus, alors, je t'ai soûlé.

Elminster garda les yeux rivés sur une crypte.

— Chaque homme a son obsession. Quelle est la tienne, Farl ?

— L'exaltation. Si je ne cours pas de danger, si je n'accomplis rien d'important, je ne suis pas en vie...

Elminster hocha la tête, plongé dans ses souvenirs.

Cette nuit-là, fraîchement débarqué en ville, il avait été pris à parti par de mauvais garçons, dans une allée déserte. Un certain Farl était intervenu avant que ça tourne mal. Les indélicats rappelés à l'ordre étaient partis chercher ailleurs des proies plus faciles.

Elminster était resté seul avec son sauveur...

« — Merci. Ma vie vous appartient, messire...»

« — Farl est mon nom ; trêve de « messire », mon gars...»

Il avait enchaîné par un sermon sur les dangers guettant les benêts errant en ville, des proies idéales pour les seigneurs mages. Leurs esclaves, mutilés ou métamorphosés, perdaient jusqu'à la raison.

« — Peux-tu ranger ta lame, maintenant, l'ami ? Nous pourrions aller dans une auberge de ma connaissance, où on mange bien sans être plumé..., si tu régales. »

« — Avec plaisir. Dis-moi où me loger et ce que je ne dois pas faire. »

« — D'accord ! Tu as beaucoup à apprendre, et je suis d'un naturel loquace. Mieux : tu sembles avoir besoin d'un ami, et j'en manque singulièrement en ce moment... N'est-ce pas merveilleux ? »

« — Conduis-nous. »

A son contact, Elminster avait beaucoup appris. Le bougre semblait incarner la ville entière, comme si Hastarl se faisait volontiers l'écho de ses humeurs. S'entendant comme larrons en foire, ils s'étaient pris d'affection l'un pour l'autre ; durant un printemps timide et un été caniculaire, ils avaient dérobé leur poids en pierres précieuses et en or.

Revenu au présent, Elminster dévisagea son ami.

— Tu as affirmé savoir que je venais de Heldon.

— En effet : ta façon de t'exprimer est caractéristique de la noblesse orientale. De plus, l'hiver où Undarl se joignit aux sorciers, il raconta à qui voulait l'entendre les avoir impressionnés en chevauchant un dragon. Sur les ordres de Hawklyn, il s'était rendu à Heldon pour y occire un homme et son épouse. Il n'en était pas resté là, détruisant la bourgade entière. Même les chiens ont fui à travers champs.

— Undarl...

Farl remarqua les mains tremblantes de son ami.

— Si cela peut t'aider, El, je sais ce que tu ressens.

Elminster tourna vers Farl un regard embrasé, et lui demanda avec une douceur terrible :

— Vraiment ?

— Les seigneurs mages ont tué ma mère.

— Et... qu'est-il advenu de ton père ?

Farl haussa les épaules.

— Oh lui... Il se porte comme un charme. (Il eut un sourire triste.) En fait, il doit être dans cette tour là-bas... Si la chance nous abandonne, il m'entendra prononcer son nom malgré la distance...

— De sa tour, peut-il nous foudroyer ?

— Qui sait ? Mais j'en doute, ou plus d'un serait déjà tombé, victime de sa vindicte. De plus, tous les sorciers de ma connaissance adorent jouer avec les nerfs de leurs ennemis, quand ils les tiennent à leur merci.

— Alors prononce son nom. S'il se manifeste, je pourrai enfin l'atteindre.

— Après que je lui aurai arraché la langue, et brisé les doigts, il sera tout à toi. Il ne mérite pas une mort rapide, crois-moi.

— Qui est-ce ?

— Le seigneur Hawklyn, le maître de la confrérie des sorciers. Le mage royal d'Athalantar, s'il te plaît. (Le jeune homme se détourna.) Je suis un bâtard. Quand il apprit ma naissance, il fit exécuter ma mère, de noble lignée. C'était une dame très courtisée, paraît-il.

— Pourquoi es-tu encore de ce monde, et hors de son atteinte ?

Cessant de voir les tombes, devant lui, Farl plongea dans son passé.

— Ses âmes damnées ont passé un bébé au fil de

l'épée... Pas le bon, je le crains. Une fille de joie que ma mère avait prise en amitié m'avait enlevé dans mon berceau, ce soir-là.

Elminster haussa les sourcils.

— Pourtant, tu voulais dépouiller ces mêmes filles de joie ?

— L'une d'elles a étranglé ma mère adoptive pour une poignée de pièces. Je n'ai jamais connu son identité, mais c'était sûrement une des filles de l'auberge. Tu sais, ajouta-t-il, malicieux, celle où deux nobles rejetons révélèrent leur tendre liaison devant tout Hastarl !

— Oh ! dieux... Et moi qui m'apitoyais sur mon sort... Farl, je...

— Ferme ton clapet et ravale tes platitudes larmoyantes, je te prie. Quand je serai vieux et chenu et en manque d'affection, Eladar Perce-Mage, je te le ferai savoir.

Amusé, Elminster capitula :

— Entendu. Et maintenant ?

— Fini de tirer sa flemme ! La guerre n'attend pas ! Puisque tu refuses que je profite des dames de petite vertu ou des innocentes gens — il doit bien y en avoir deux ou trois à Hastarl —, que reste-t-il ? Les sorciers et les puissants sont exclus pour l'instant. Nous les avons assez plumés ces derniers temps. Inutile de tuer notre poule aux œufs d'or. A force, nous tomberions dans un guet-apens. Donc, je vois deux cibles : les temples...

— Hors de question, coupa Elminster avec fermeté. On ne doit pas se mêler des affaires divines. La vie est assez courte comme ça...

— D'accord. Je m'y attendais. Il nous reste les riches marchands. (D'un geste, il fit taire son ami et continua :) Je parle des vils spéculateurs qui assassinent volontiers leurs rivaux dans l'ombre... Tu as vu ces entrepôts qui fleurissent sur les berges du fleuve, là-bas ? Et ce trafic fluvial florissant ? Il nous faut en savoir plus sur la routine de ces compagnies. Si nous voulons épargner le menu fretin pour nous attaquer aux gros poissons, autant apprendre très vite, nous aussi, à spéculer. Ainsi, nous laisserons notre argent mal acquis travailler à notre place.

Elminster plissa le front.

— C'est tout un monde caché, souterrain...

— Comparable au nôtre, mon vieux. Le royaume des voleurs est aussi celui de l'ombre, même si les plus chanceux ont pignon sur rue.

— Tu as raison, s'enthousiasma El. Ce sera notre nouveau champ de bataille ! Par où commencer ?

— Cette nuit, je graisserai la patte d'un de mes obligés pour assister à un souper chic. Je ferai le sommelier à sa place, et j'entendrai ce que ne devrait jamais entendre un voleur. Si j'ai raison, je serai vite informé des transactions en cours. Le problème est que tu ne pourras pas m'accompagner. L'endroit pullule de gardes. Et sous quel prétexte t'introduirais-tu aussi ?

— J'irai ailleurs. Je prendrai du bon temps. D'autres suggestions ?

— Oui, mais pas sans danger. Cela fait quatre ans que je lorgne du côté d'une maison, en particulier : celle de trois usuriers. Ils sont certainement intéressés aux profits et pertes de nos investisseurs... Peux-tu y faire un tour sans te faire remarquer ? Il faut repérer les accès, les salles principales et ainsi de suite.

— Entendu. Montre-moi l'endroit. Mais ne t'attends à aucun miracle, demain. Il n'y a que dans les contes que tout se déroule comme prévu.

— Glisse-toi à l'intérieur, ouvre grands tes yeux... et ressors vite. Je ne veux pas d'un héros mort comme associé. Les partenaires fiables ne courent pas les rues, El ! J'aurais un mal fou à te remplacer !

— Tu préfères les couards, hein ?

— Sérieusement, El... Je n'ai jamais rencontré

quelqu'un d'aussi honnête et brave que toi. Je regrette une seule chose.

— Ah oui ? souffla Elminster, qui avait rougi comme un coquelicot.

— Tu n'es pas joli *du tout* !

Les deux amis éclatèrent de rire et se levèrent.

— L'ennui, ajouta Farl, est que la prospérité de Hastarl attire nos confrères... comme des mouches. Tôt ou tard, nous devrons choisir un camp ou fonder notre propre guilde pour survivre. De plus, pour mettre notre nouveau plan à exécution, nos quatre mains ne suffiront pas.

— Qu'est-ce qui t'inquiète ?

— La trahison.

Ils escaladèrent un muret, dérangeant des rats qui détalèrent au milieu des détritus.

— Moi aussi, j'ai trouvé en toi quelque chose de précieux, Farl.

— Un ami plus joli que toi ?

— Un *ami*, en effet. La loyauté, la confiance... Voilà qui est bien plus important que tout l'or du monde.

— Belles paroles. J'ai un autre regret, ajouta Farl avec gravité. Ne pas avoir assisté au réveil de Shanda-the et du vieil Hannibur, aussi tendrement enlacés que nos deux lascars, à l'auberge ! J'aurais donné cher pour voir leurs têtes !

— C'est curieux, dit Elminster, mais on n'en a pas entendu parler.

— C'est grand dommage, j'en conviens.

Joyeux, les jeunes gens s'éloignèrent dans les ruelles, prêts à conquérir le monde.

CHAPITRE V

ENCHAÎNER UN MAGE

Enchaîner un mage ? Ah ! la perspective de tenir entre ses mains la puissance (ou la magie, si vous préférez), la richesse, l'amour... Les chaînes qui pèsent sur les hommes — et sur certaines femmes aussi, parmi les plus stupides.

Athaeal d'Eternelle-Rencontre
Rêveries de la Reine-Sorcière en exil
Année de la Flamme Noire

L'arôme s'échappant des fenêtres était divin. Le ventre d'Elminster gargouilla. Agrippé au linteau, à l'extérieur de la demeure, le jeune homme se figea.

A l'intérieur, la fête battait son plein. Les verres tintaient et les convives riaient volontiers entre deux conversations sérieuses. El était encore trop loin pour comprendre ce qu'ils disaient. Vérifiant la solidité de sa corde, il se lança.

A la grâce des dieux...

Il se réceptionna sur le balcon au-dessus duquel il se balançait. En sueur, il s'accroupit. Aucun cri ne retitit. Personne ne l'avait vu. Son émoi calmé, Elminster tendit l'oreille... et il fut vite fasciné.

Dans un silence tendu, une voix calculatrice et arrogante prit la parole :

— Je me suis laissé dire, Havilyn, que tu doutais de nos pouvoirs. Selon toi, nous serions des sorciers d'opérette, des vantards tout juste bons à écraser le menu peuple de ce royaume... et incapables de protéger nos investissements communs.

— Je n'ai rien prétendu de tel.

— Peut-être pas, mais le ton de ta voix trahit tes sentiments. C'est le fond de ta pensée. Halte-là ! Ecarte cette épée ! Cette nuit, je ne te veux aucun mal. Frapper son hôte sous son propre toit est inconvenant. Et abattre un allié fortuné serait le comble de la stupidité. J'aimerais simplement que tu regardes une petite démonstration.

— Que mijotes-tu, Hawklyn ? Je te préviens : certains d'entre nous ne bénéficient pas de ma patience. Et ils te portent dans leur cœur encore moins que moi. Il serait malavisé de mettre les convives sur la défensive.

— Je ne prépare aucune violence. Je souhaite prouver l'efficacité de mon Art. Le sortilège que j'ai mis au point oblige à comparaître devant moi n'importe quel mortel de ma connaissance.

— N'importe qui ?

Il y eut un étrange cliquetis.

— Regarde cette chaîne..., continua Neldryn Hawklyn, mage royal d'Athalantar.

Risquant un coup d'œil, Elminster vit s'élever une chaîne translucide.

— Voici le Cristal Liant, forgé à Netheril il y a des éons. Les elfes, les nains et les hommes l'ont cherché en vain et l'ont cru perdu à jamais. Voyez cette chaîne capable d'emprisonner un mage et de lui rogner les ailes... N'est-elle pas splendide ? (Des murmures lui répondirent.) Qui est le plus puissant sorcier de Féérune, Havilyn ?

— Je suppose que tu es tout désigné. Tu veux me l'entendre dire..., n'est-ce pas ? En vérité, je l'ignore. C'est toi l'expert. Peut-être cet archimage, Feu Follet, dont on entend tellement parler...

— Allons, élève un peu ton esprit ! As-tu tout oublié des enseignements de Mystra ?

— *Elle ?* Tu veux capturer une *déesse ?*

— Non : une simple mortelle.

— Trêve de mise en scène, intervint quelqu'un. Si tu en venais au fait, Hawklyn ? Il est temps que tu dises clairement ce que tu as en tête.

— Doutes-tu de mes pouvoirs ?

— Pas le moins du monde. J'aimerais que tu cesses de nous traiter de haut, et que tu te comportes enfin comme un seigneur au lieu de vouloir nous impressionner.

Il y eut un cri de dégoût. Elminster se pencha par-dessus le parapet... et recula vivement.

Dans l'assiette d'un convive s'était matérialisée une tête sanglante.

— C'est le dernier crétin qui a tenté de voler dans nos entrepôts, décapité par un de mes sorts de protection... Voilà, il a disparu de ton assiette, Nalith. Continue à festoyer.

Une autre voix, plus âgée, intervint :

— Exprime-toi, Hawklyn. Ces jeux ont assez duré.

— Très bien. Silence, et voyez plutôt.

Il y eut un éclat de lumière, suivi de tintements cristallins.

Triomphant, Hawklyn reprit :

— Dis-nous qui tu es.

— On m'appelle le Magister, dit une nouvelle voix, avec des trémolos dus au grand âge.

Toute la table hoqueta de surprise, impressionnée. Ce mage légendaire portait le manteau de Mystra !

90

Ce fut plus fort que lui : Elminster se pencha pour avoir un aperçu de la scène.

Si les seigneurs mages contrôlaient la magie la plus efficace des royaumes, comment diable les vaincre ?

Dans un halo se tenait un vieillard fluet. La chaîne ensorcelée, autour de lui, jetait mille feux dans la pièce.

— Sais-tu où tu es ? demanda le mage royal.

— Dans quelque riche demeure, je suppose ; à Hastarl, dans le royaume du Cerf.

— Et quel lien t'amène en ces lieux ?

Le Magister examina la chaîne avec intérêt, comme un homme surpris par ses trouvailles dans une boutique à la façade peu engageante. Ignorant les étincelles qui crépitèrent sur sa main tavelée, il tendit les doigts, songeur, et répondit :

— On dirait le Cristal Liant, forgé il y a des lustres à Netheril. Ai-je raison ou s'agit-il d'un objet de ta conception ?

— *Je* pose les questions, ne t'en déplaise, ancêtre. Et tu *réponds*, si tu ne veux pas que je t'abatte avec cette arbalète. Ainsi, Féérune aurait un nouveau Magister.

Surgie du néant, l'arme flotta sous les regards alarmés des marchands.

— Oh ! Tu me lances un défi ?

— A moins que tu ne m'y forces, non. C'est un simple avertissement. Obéis ou meurs. N'importe quel roi donne le même choix à ses sujets.

— Ta contrée doit être des plus barbares, observa le Magister, sarcastique. Se peut-il, Neldryn Hawklyn, que tu aies fait d'Athalantar une tyrannie ? J'ai entendu parler de toi et de tes confrères, les seigneurs mages... en mal. Par Mystra, je te défie ! Et que le meilleur l'emporte !

Il disparut ; la chaîne tomba sur le sol. Le carreau que Hawklyn décocha mordit la poussière.

— Que tout ce qui était caché soit *révélé !* tonna le mage royal.

A son grand dam, son adversaire se rematérialisa devant lui. Les autres sorciers s'unirent contre le Magister, tandis que les marchands épouvantés quittaient la table en hâte. Des éclairs et des rayons firent valser les plats... là où la cible se tenait une seconde plus tôt.

— Ceux qui vivent pour foudroyer..., lança le Magister, rematérialisé sur le balcon (avec un hoquet d'effroi, Elminster fit volte-face)... périront par la foudre.

Il tendit les doigts... Partout où les rayons frappèrent, la matière et la chair se volatilisèrent.

La chaîne s'éleva avec un tintement caractéristique.

Hawklyn incanta. Un éclair aveuglant fut suivi d'un rugissement. Au moment où le mage royal détruisait en partie le balcon, Elminster plongea, se rattrapant *in extremis*.

— C'est tout ce que tu sais faire, Hawklyn ? Avec de si piètres talents et encore moins de cervelle, croyais-tu pouvoir m'abattre ?

La chaîne s'enroula autour du cou d'un des sorciers que le Magister faisait léviter.

— Ainsi, tu es un seigneur mage, Maulygh... Depuis longtemps, tu es dévoré d'ambition et tu crois donner le change... Tu brûles d'écraser tout le monde et de t'emparer du trône. Ton règne n'aurait rien de modéré ni d'avisé.

Le Magister agita une main dédaigneuse. La chaîne se tendit avec une force inouïe, décapitant Maulygh. Son corps ensanglanté resta suspendu en l'air. La chaîne glissa vers le convive suivant.

— Mais qu'avons-nous là ? Un marchand de parfums et de bières... Othyl Naerimmin, tu organises des empoisonnements collectifs.

Un nouveau décapité flotta en l'air.

Couvrant presque les incantations des autres mages,

un cri de terreur éclata. Ignorant le raffut, le Magister épargna un marchand bedonnant, qui sortit de la salle en gémissant.

En revanche, un sorcier mourut l'invective aux lèvres.

Le mage royal cracha un mot de pouvoir. Une boule de feu éclata contre le balcon. Elminster se recroquevilla dans un coin, échappant de peu à la fournaise.

Le Magister soupira.

— Des boules de feu... Toujours des boules de feu... Les jeunes n'ont-ils aucune imagination ?

La chaîne tua encore deux fois, Hawklyn restant seul au milieu des décombres et des cadavres mutilés.

— T'occire me plairait beaucoup, je l'avoue, dit le Magister. Pourtant, si tu renonçais à tes prétentions sur ce royaume et acceptais de servir Mystra, je t'épargnerais.

Pour toute réponse, Hawklyn le maudit de plus belle et fit une dernière tentative. La bête surgie de nulle part fondit sur le Magister... Ses serres mordirent la poussière.

Le Cristal Liant décapita sa dernière victime, renvoyant la création ailée au néant.

Le vainqueur se tourna vers Elminster, recroquevillé et tremblant.

— Es-tu un seigneur mage ou un serviteur ?

— Ni l'un ni l'autre.

Rassemblant son courage, le jeune homme sauta et se réceptionna rudement sur le sol maculé de sang ; aussitôt, des flammes le cernèrent. La colère oblitéra sa peur et il fit volte-face pour affronter à son tour le terrible archimage.

— Ne vois-tu pas que je n'ai aucun lien avec ces gens ? Ne vaux-tu pas mieux que ces tyrans ? Ou tous les enchanteurs deviennent-ils des êtres assoiffés de pouvoir qui prennent plaisir à estropier, détruire et terrifier ?

— Tu n'es pas... des leurs ?

— Des *leurs* ? Je les combats quand je l'ose, et j'espère un jour libérer Athalantar de cette vile engeance ! (Radouci, il lâcha :) Seigneur, je parle comme les ménestrels, maintenant !

Le Magister le dévisagea.

— Ce n'est pas inintéressant comme attitude. Si tu survis à ta propre arrogance...

Il sourit soudain ; Elminster lui rendit son sourire.

A leur insu, des yeux désincarnés apparurent au milieu des décombres et les épièrent.

— Lis-tu vraiment dans le cœur des gens ? bafouilla Elminster.

— Non.

Le mur de flammes s'évanouit.

— Vas-tu me foudroyer ou m'épargner ?

— Tuer d'honnêtes gens n'est pas dans mes habitudes. Tu as le don de magevoyance, mon garçon. Pourquoi ne t'essaies-tu pas à la sorcellerie ?

Elminster lui lança un regard noir.

— Je m'y refuse. Tous les enchanteurs, autour de moi, sont des serpents qui vivent pour terroriser autrui, comme d'autres font claquer leur fouet... Ils tuent pour un oui ou un non ou... (il balaya du regard le hall en ruine ; les yeux magiques disparurent un instant pour éviter d'être repérés) s'amusent à détruire une salle en une minute. Laisse-moi en dehors de tout ça, seigneur.

Elminster eut soudain très peur. Après tout, le Magister était humain, lui aussi.

— Ceux qui rechignent à étaler leur puissance font les meilleurs sorciers, répondit le vieil homme d'un ton égal.

Son regard perçant parut sonder El jusqu'à l'âme... Il conclut d'un ton triste :

— Et ceux qui vivent de rapines finissent toujours par se léser eux-mêmes.

— Dérober ne m'apporte aucun plaisir. Je le fais

pour ne pas mourir de faim... et pour rendre la monnaie de leur pièce aux sorciers.

— Voilà pourquoi tu m'écouteras peut-être. Autrement, je n'aurais pas gaspillé ma salive.

Un bruit de bottes alerta le voleur.

— Des soldats ! Il faut déguerpir ! souffla-t-il sans se rendre compte qu'il s'adressait au premier archimage de Féérune.

Elminster fonça sous la première arche qui ne résonnait pas du martèlement des bottes.

Un marchand à bout de souffle surgit dans le hall dévasté, menant un détachement armé.

— Là ! s'écria-t-il, désignant le Magister.

Les carreaux et les boules de feu, une fois de plus, mordirent la poussière. Les cadavres en lévitation tombèrent sur les gravats. Livides, les guerriers invoquèrent Tempus pour les protéger.

Puis la poursuite s'engagea, ayant Elminster pour objet.

Il fonça dans les cuisines et les escaliers, avant de trouver refuge dans la réserve de viandes salées. La chance lui sourit : la demeure était assez ancienne pour comporter un vide-ordures qu'il n'eut aucun mal à dénicher. Les pieds devant, Elminster plongea... dans les eaux du fleuve.

La chute fut plus longue qu'il n'aurait cru... et l'eau plus froide. Quand il refit surface, ignorant les masses informes qui flottaient autour de lui, il nagea en silence. Les soldats étaient capables de le poursuivre jusque dans les égouts.

Elminster rassembla ses esprits. En une nuit, le mage royal et trois de ses séides avaient trouvé la mort. Lui revenait bredouille de l'aventure, sans une pièce en poche après tous ces efforts.

— Merci, Tyché, murmura-t-il avec gratitude.

Il était sorti vivant de ce hall des horreurs... C'était quelque chose. De puissants nécromanciens ne pouvaient pas en dire autant ! La prudence étouffa le cri de joie qu'il aurait voulu pousser. Ragaillardi, il longea les docks à la brasse.

Quand il se hissa sur un quai désert et rentra à pied, transi jusqu'aux os, son euphorie retomba. A sa place, Farl aurait déjà été en train de cambrioler les victimes du Magister...

— Mais je ne suis pas Farl, murmura Elminster, ni un bon voleur. J'excelle surtout dans la course à pied !

Pour le prouver, il démarra en flèche au moment où un soldat surgissait, hallebarde en main, stupéfait de reconnaître le voleur. La poursuite reprit de plus belle. Puis le soldat s'écroula, assommé en pleine course.

— Eladar !

Au bout de la rue, El se retourna ; les poings sur les hanches, Farl le regardait.

— On ne peut pas te laisser seul un instant, je vois...

Il s'agenouilla et détroussa sa victime.

— Il y a eu du grabuge chez Havilyn. Il a surgi à bout de souffle pour avertir Fentarn, et on nous a tous fait vider les lieux en quatrième vitesse. Je n'aurais jamais cru ces riches propriétaires encore capables de se servir de leurs jambes pour courir...

— J'ai assisté au « grabuge » en question. Voilà pourquoi ce soldat était à mes trousses.

— Raconte !

— Plus tard. D'abord, je te décris ceux qui sont morts cette nuit, tu me donnes leurs noms et on rend une petite visite à leurs foyers, avant que les vautours se partagent les biens de ces nobles défunts...

— Bien dit, ô prince des voleurs.

Dans son exaltation, il ne vit pas Elminster tiquer au mot « prince ».

*
* *

— Voilà une bonne chose de faite, conclut Farl avec satisfaction, une fois leurs derniers trésors mis à l'abri. Maintenant, retirons-nous dans un coin tranquille pour discuter à notre aise.

— Le cimetière ?

— D'accord... Après nous être assurés qu'il ne s'y love pas de jeunes tourtereaux.

Une fois installés, Elminster narra son aventure.

— Je croyais que le Magister n'existait que dans les légendes ! s'écria son ami.

— Non. Il est effrayant et magnifique à la fois. Il a jugé ses adversaires sans passion et leur a infligé le sort qu'ils méritaient, n'épargnant que les moins coupables. (Les yeux brillants, il fixa la lune.) Avoir un tel pouvoir, un jour... et ne plus jamais fuir devant des nécromanciens !

— Je croyais que tu détestais ces jeteurs de sorts.

— Les seigneurs mages, en tout cas. Néanmoins, il y a quelque chose, dans ce déferlement d'énergie...

— De fascinant ? Je comprends ce que tu ressens. A ta énième tentative infructueuse, ça te passera, crois-moi. Il vaut mieux admirer tout ça de loin... ou mourir vite. Maudits sorciers ! (Il bâilla.) Bon, assez travaillé pour cette nuit !

— Si nous allions dormir chez Hannibur ? proposa Elminster.

— Ses ronflements réveilleraient les morts !

— Exactement !

Tous deux pouffèrent de rire et s'enfoncèrent dans les ruelles, évitant les patrouilles. Puis, juchés sur le toit du boulanger, intrigués de ne rien entendre, ils se penchèrent à une lucarne... et virent arriver Shandathe Llaerin.

— Me voici, mon amour, souffla-t-elle.

— Enfin ! s'écria le vieil homme, courant lui ouvrir. Viens vite au lit. J'ai hâte de sentir tes mains de velours...

Elminster et Farl se regardèrent avec ravissement, s'apprêtant à épier les ébats du couple.

Hélas, deux minutes plus tard, ils ronflaient comme des sonneurs.

CHAPITRE VI

MISÈRE NOIRE CHEZ LES VOLEURS

Une sorte de cité est pire que celle où les voleurs règnent la nuit : celle où ils sont au gouvernement, et sévissent le jour.

Urkitbaeran de Calimport
Le Livre des Nouvelles Noires
Année des Crânes brisés

— Ah ! belle Shandathe, tes mains de velours ! s'esclaffa Farl quand il eut fini son histoire. Ah, mais... (Il se prit le menton, pensif.) Voilà ! Si nous nous appelions les « Mains de Velours » ?

Des grognements et des éclats de rires saluèrent la boutade. La minuscule pièce enfumée puait le poisson. Le propriétaire de l'entrepôt était mort depuis beau temps. Les voleurs avaient renversé deux vieilles charrues à l'entrée de l'allée, pour faire croire que les lieux étaient déserts et éloigner les patrouilles. Une dizaine de malandrins étaient réunis, se tenant tous à l'œil.

Farl soupira.

— Je sais que l'idée ne vous enchante pas. Mais l'union fait la force... C'est ça ou être éliminés les uns après les autres, ou quitter Hastarl pour aller tenter sa chance ailleurs. Et tomber sous les coups d'autres bandes organisées.

— Pourquoi ne pas se joindre aux Lunegriffes ? lâcha Klaern d'un ton rauque.

C'était un des frères Blaenbar. Il était debout près d'une fenêtre d'où il pourrait voir les signes des guetteurs postés dehors.

— Sous quelles conditions ? souligna Farl, non sans logique. Chaque fois que nous piétinons nos plate-bandes respectives, ça se règle à coups de couteaux sans qu'un mot soit échangé. Au mieux, nous serions tolérés dans leur association et... sacrifiables.

— De plus, intervint Elminster, surprenant tout le monde, avez-vous remarqué les beaux cuirs qu'ils portaient avant même d'avoir deux sous en poche ? Sans parler de leurs armes. Cela ne vous rappelle-t-il rien ? Ne jurerait-on pas une milice à la solde des seigneurs mages ? Quel meilleur moyen de semer la zizanie au sein des voleurs de Hastarl ?

Songeurs, les autres opinèrent du chef.

— *Voilà* qui a un sens, lâcha le vieux Chaslarla. Ça expliquerait pourquoi certains soldats se détournent quand les Lunegriffes font un mauvais coup...

— Oui, renchérit le jeune Rhegaer, perché sur un tonneau, jouant avec une dague.

— Eh bien moi, gronda Klaern, je refuse de perdre mon temps à écouter ces sornettes. Vous êtes stupides d'accorder la moindre attention à ces doux rêveurs ! A part leurs belles paroles, qu'ont-il à offrir ?

Il se campa au centre de la pièce ; ses deux frères le rejoignirent pour former un rempart de chair.

— Si bande il y a, j'en prendrai le commandement ! Les Mains de Velours ! Quelles calembredaines ! Pendant que ces deux rigolos parfumés feront la roue pour amuser la basse-cour, mes frères et moi ferons de vous des richards. C'est une certitude.

— Vraiment ? ironisa une voix de ténor, venue de l'autre bout de la pièce. Et comment comptes-tu *me* prouver que tu es quelqu'un de confiance ? Après t'avoir vu à l'œuvre ces trois derniers étés, tout ce que je sais sur toi tient en ces mots : ne jamais te tourner le dos.

— Jhardin, tu es peut-être fort comme un bœuf, mais côté matière grise, ce n'est pas ça ! Que connais-tu des plans et des organisations, des...

— J'en sais plus long que certains. D'où je viens, un « plan » consistait immanquablement à *me* gruger.

— Pourquoi ne retournes-tu pas d'où tu viens ?

— Assez, Klaern, intervint Farl. Une chose est sûre : avec toi dans les parages, la confiance ne règne pas. Tu ferais mieux de retirer tes billes du jeu.

— Tu as peur de ne plus contrôler ce ramassis de crétins, c'est ça ? Voyons... qui est de l'avis de notre jeune ami ?

Elminster avança d'un pas.

— Oui, oui... Tout le monde sait que ton bellâtre parle pour toi... et fait tout ce que tu lui demandes !

Le regard dur, Jhardin imita Elminster. Rhegaer sauta de son tonneau, et Chaslarla avança aussi.

— Tassabra ? demanda Klaern.

Sortie de l'ombre, une voix féminine lui répondit :

— Désolée, je suis du côté de Farl.

— Peste soit de vous tous !

Il cracha par terre et sortit, tête haute. Ses frères, Korlar et Othkyn, l'escortèrent.

— Je croyais qu'il était ton amant, murmura un autre homme dans l'ombre.

— Larrin ! s'étrangla Tassabra, outrée. Cet ours mal léché, mon amant ? Tu plaisantes ! Je me suis un peu amusée avec lui, voilà tout.

Jhardin interrogea Farl du regard, qui hocha la tête.

Aussitôt, le grand homme musclé partit filer Klaern avec une célérité et une discrétion surprenantes.

Klaern ne se doutait pas que ses jours étaient peut-être comptés.

— Bon, reprit Farl, nous sommes d'accord ? Les Mains de Velours commencent-elles leurs activités cette nuit même ?

— Oui, gronda Tarth le Borgne. Ordonne, j'obéirai.

— Et moi aussi, dit Chaslarla, tant que tu ne te transformes pas en chef de guerre pour nous envoyer embrocher du soldat et du sorcier à tour de bras.

Sa pique souleva des murmures approbateurs. Souriant, Farl s'inclina avec panache.

— Alors, l'affaire est entendue ! Pour commencer sortons sur la pointe des pieds, au cas où les Lune-griffes ou une patrouille nous auraient repérés.

— Pourrais-je frapper le premier ? s'écria Rhegaer, enthousiaste.

Tassabra et les autres éclatèrent de rire. Les nouveaux associés partirent en silence.

*
* *

Tout Hastarl savait que deux nobles familles atha-lantariennes, les Glarmeir et les Tourtrompette, célé-braient cette nuit-là les noces de l'amour. Pour l'occa-sion, Peeryst Tourtrompette plastronnait dans son manteau spécialement taillé dans du drap d'or et ses poulaines à la mode. Fier comme un pou, il mena sa promise devant l'autel de Séluné, de Lathandre, de Heaume et de Tyché, avant que les épousailles soient sanctifiées par l'épée de Tyr.

Le père de la mariée avait fait don au couple d'une statue du Cerf d'Athalantar, sculpté d'un bloc dans un énorme diamant. Il l'avait fait déposer au pied de la couche nuptiale.

Un tel joyau valait plus que bien des châteaux.

Nanue Glarmeir avait porté une robe bleu azur exquise, cousue par les elfes de Shantel Othreier. Cette petite merveille gisait maintenant au pied du lit. Les nouveaux mariés, nus dans les draps, trinquèrent en l'honneur de Séluné, espérant qu'elle leur sourirait pour leur nuit de noces. Déjà, ses rayons caressaient la précieuse sculpture.

Les tourtereaux ne virent pas des mains gantées sortir de sous le lit pour voler les précieuses épingles que Nanue avait posées sur une table.

En revanche, l'entrée fracassante d'une femme masquée, par la fenêtre, ne manqua pas de les alerter...

Brandissant une dague, l'inconnue leur sourit froidement et approcha du Cerf. Nul n'entendit un soupir exaspéré, sous le lit.

— Un seul cri, souffla-t-elle, et je vous transperce.

A cette suggestion fort malheureuse, Nanue ouvrit la bouche... et hurla à gorge déployée. Contrariée, la voleuse voulut mettre sa menace à exécution. Comme de son propre chef, un tabouret vola pour la frapper à la tête. Lâchant son arme, l'inconnue tomba contre une armoire, qui s'écroula sur elle.

Nanue et Peeryst crièrent à l'unisson.

Au rez-de-chaussée, les aînés des deux familles, tous sur leur trente et un, entendirent un son mat et des cris. Avec des sourires entendus, ils trinquèrent à la santé des mariés.

*
* *

Une silhouette noire surgit de sous le lit et profita du tumulte pour se réfugier derrière des tentures. Deux intrus de plus passèrent par la fenêtre.

Nus et transis de peur, Nanue et Peeryst se serrèrent dans les bras l'un de l'autre, hurlant d'effroi.

Les nouveaux venus, une femme et un homme,

portaient les mêmes masques et les mêmes braies de cuir que leur complice. Du regard, ils balayèrent les lieux. Tirant leur dague, ils approchèrent de la couche nuptiale ; ses occupants cherchèrent refuge sous les fourrures.

Le voleur rattrapa Peeryst par une cheville et le tira sur le sol malgré les piaillements aigus de sa femme. Mesurant à quel point un homme nu et tremblant avait l'air ridicule, le brigand gronda :

— Où est-elle ?

— *Qui ?* s'étrangla Peeryst.

Pendant ce temps, la complice du malandrin passait d'un coffret à un autre, empochant prestement gemmes et soieries.

— Une femme qui était là avant nous !

— Euh... L'armoire s'est écroulée sur elle.

Pivotant, l'homme, il se nommait Minter, remarqua une tache de sang frais sous le meuble renversé — de taille et de poids respectables. Il frémit d'horreur.

Soudain, quelqu'un sortit de sous le lit et l'assomma à l'aide d'un flacon de parfum.

Isparla, c'était le nom de la voleuse, fit volte-face et cracha :

— Les Velours ! Encore *vous !*

Elle lança sa dague sans atteindre son rival, qui avait replongé sous le lit. *Quelqu'un* éternua derrière. Elle bondit... et, dans sa hâte, trébucha sur la sculpture. Peeryst en profita pour lui abattre sur la tête un pot de chambre en cuivre. A la vue du sang, Nanue hurla de plus belle. Horrifié, Peeryst voulut fuir, piaillant comme un poulet qu'on égorge. Une silhouette noire sortit de sa cachette pour l'intercepter.

Leurs corps emmêlés s'écrasèrent contre la porte.

En bas, les invités entendirent le fracas, haussèrent les sourcils, et se resservirent à boire.

Le rose monta aux joues de la mère de Nanue, Janatha.

— Eh bien ! nos poussins semblent s'en donner à cœur joie !

— C'est le moins qu'on puisse dire ! badina Darrigo Tourtrompette, l'oncle de Peeryst. Ma deuxième épouse était ainsi...

Elminster se dégagea de Peeryst, assommé, et s'assura que la porte était fermée. Puis il courut rejoindre Farl, que les essences précieuses faisaient larmoyer.

— On doit déguerpir en vitesse ! souffla El.

— Fichus Lunegriffes ! cracha son ami. Empare-toi de *quelque babiole*, qu'on n'ait pas perdu notre temps au moins !

— C'est fait. Maintenant, *filons !*

Deux nouveaux voleurs entrèrent par la fenêtre brisée. Tirant leur dague, ils fondirent sur El et Farl. Renversant tout ce qui se trouvait sur une coiffeuse, Elminster la leur jeta à la figure.

Les lascars l'évitèrent. Passant par la fenêtre, la coiffeuse alla s'écraser dans la rue. Triomphants, les Lunegriffes passèrent derechef à l'attaque.

*
* *

Cette fois, le bruit alerta les convives.

— Se chamailleraient-ils, par hasard ? s'étonna Janatha, derrière son éventail. Leur nuit de noces est vraiment animée !

— Mais non ! tonna Darrigo. Ce sont les « préliminaires », ma chère. Vous savez, ce qui vous met l'eau à la bouche avant de... passer aux choses sérieuses. Leur chambre est vaste ; ils doivent se courir après en renversant tout sur leur passage.

Il leva les yeux au plafond au moment où retentissait un autre bruit alarmant.

— Ah ! si j'étais plus jeune... Si Peeryst m'appelait à la rescousse...

Comme par hasard, on entendit un appel lointain :

— Au secours !

— Mazette ! s'écria l'oncle, ravi. Ce petit a de qui tenir ! Vite, aux escaliers ! J'espère me souvenir encore de la bagatelle, après toutes ces années...

*
* *

S'étant sans mal débarrassés des Lunegriffes, Farl et El vidèrent les lieux. Nanue courut rejoindre son mari évanoui. Un énième Lunegriffe surgit ; machinal, il lança une dague sur la femme nue qui courait dans la chambre dévastée. L'arme rebondit contre un miroir, qui se renversa. Voulant l'éviter, Nanue glissa sur un tapis et renversa une table couverte de flacons de parfums. Les fioles brisées exhalèrent leurs essences. Le brigand recula, une main sur les narines, perdit l'équilibre et heurta un immense portrait d'un noble ancêtre des Tourtrompette.

La toile s'écroula sur l'intrus.

Slalomant entre les débris de verre, Nanue avançait vers son époux.

Le Lunegriffe découpa la toile au couteau pour s'en dégager. Triomphant, il allait s'emparer des morceaux du Cerf de diamant, brisé plus d'une fois au cours de la soirée, quand un de ses confrères revint à lui. Dans la lutte qui suivit pour la possession du Cerf, le premier voleur bascula par une fenêtre.

De nouveaux Lunegriffes surgirent...

... Et proférèrent d'abominables jurons à la vue de la chambre dévastée.

Un homme bondit pour capturer Nanue, hurlant à gorge déployée, et en tirer rançon.

A cet instant, on tambourina à la porte... Deux ou trois coups de butoir la firent voler en éclats.

Darrigo Tourtrompette écarquilla les yeux à la vue du chaos. A ses pieds gisait son neveu ; près de là, la mariée, nue, rampait désespérément.

Avec un cri de rage, il se chargea d'apprendre aux monte-en-l'air ce qu'il en coûtait de rudoyer les honorables Tourtrompette. Parant un coup de dague, il flanqua un formidable direct au premier voleur venu et l'agrippa par le cou, comme les oies à plumer, pour le traîner jusqu'à une fenêtre... Le voleur s'écrasa sur la chaussée. Dès qu'il entendit le son mat de la chute, Darrigo se tourna vers une autre proie.

Nanue décida qu'elle pouvait tourner de l'œil en toute sécurité. Alors qu'un deuxième malappris volait à son tour par une fenêtre, la mariée défaillit avec grâce sur le poitrail avenant de son élu.

*
* *

Le lendemain, toute la ville faisait des gorges chaudes de la nuit de noces. A lui seul, le vieux guerrier Darrigo Tourtrompette avait rossé une dizaine de bandits dans la chambre nuptiale de son neveu, pendant que les jeunes mariés consommaient enfin leur union.

A ces nouvelles édifiantes, Farl et El trinquèrent.

— Combien reste-t-il de Lunegriffes ? demanda Elminster.

— Qui peut dire ? Seuls les dieux et les Lunegriffes le savent. Waera, Minter, Annathe, Obaerig sont tombés, c'est certain, et sans doute Irtil aussi. Disons que nous sommes maintenant de force égale. Ces abrutis ont salopé le travail ! Le butin aurait dû être dix fois supérieur !

— Oui, mais...

D'une main posée sur son avant-bras, Farl fit taire son compagnon, tendant soudain l'oreille pour entendre ce qui se disait à une table voisine...

— Oui, c'est magique ! Le roi Uthgrael l'a caché il y a des lustres. Ce serait dans une chambre secrète, sous le château !

Un jeune ménestrel choisit cet instant pour attirer l'attention et entonner une ballade.

C'était un conte connu parlant d'un coffret de pierres ioun, caché sur ordre du roi Uthgrael. Les seigneurs mages n'arrivaient pas à se mettre d'accord sur le meilleur usage à en faire ; par décret du roi Belaur en personne, elles restaient sous surveillance jour et nuit, à l'abri des enchanteurs de tout poil.

Pour conclure, le ménestrel assura qu'il avait dit la stricte vérité et qu'il avait vu les pierres ioun de ses yeux !

Farl sourit.

— Nous *devons* tenter notre chance !

Elminster secoua la tête.

— Tu ne pourrais pas ignorer ces pierres et t'appeler encore Farl, le maître des Mains de Velours...

Son ami ricana.

— Cette fois, attends que les Lunegriffes mettent leur stratégie au point... et frappe seulement si l'occasion se présente !

— Quelle stratégie ?

— Ne sens-tu pas le roussi dans ce conte à dormir debout ? N'y vois-tu pas l'action des sorciers, pour appâter tous les tire-laine de la ville ?

Réflexion faite, Farl acquiesça.

— Pourquoi as-tu dit « tu » et pas « nous » ?

— Parce que j'en ai assez. Je tire ma révérence. Si tu veux t'emparer de ces babioles, fais-le sans moi. Il me reste une chose à accomplir avant de quitter Hastarl.

— Pourquoi pars-tu ?

— Parce que voler m'oblige à attaquer des gens contre qui je n'ai aucun grief, sans assurer ma vengeance. Tu as vu la statue du Cerf, brisée en mille morceaux... Dans leur fébrilité, les voleurs abîment les beautés dont ils prétendent s'emparer. La survie dans les rues m'a appris tout ce que je pouvais apprendre. Il est temps que je passe à autre chose. (Farl eut l'air effondré.) Les saisons passent... Il me reste tant à faire ! Je dois partir.

— Je m'en doutais... Tu as toujours eu trop de scrupules. Mais de quoi parlais-tu ? Aurais-tu une trahison en vue ?

Secouant la tête, Elminster murmura en détachant chaque syllabe :

— Jamais je n'ai eu d'ami plus proche et plus sincère que Farl, fils de Hawklyn.

Ils s'étreignirent. Quittant l'auberge pour se retrouver dans une ruelle, ils laissèrent libre cours à leur chagrin.

— Ah, El..., soupira Farl. Que ferai-je sans toi ?

— Associe-toi à Tassabra. Tu pourras mieux lui témoigner ta satisfaction et ta gratitude qu'à moi.

Se regardant dans les yeux, ils sourirent.

— Alors, ce sont des adieux, conclut Farl. La moitié de nos richesses te revient.

— Je prendrai uniquement ce dont j'ai besoin pour la route.

Farl soupira.

— Alors, les rapines seront pour moi, et la vengeance pour toi.

— Sans doute..., si les dieux sont généreux.

TROISIÈME PARTIE
PRÊTRE

CHAPITRE VII

L'UNIQUE VRAI SORTILÈGE

Autrefois, les sorciers cherchaient l'unique vrai sortilège qui ferait d'eux les maîtres du monde. Ceux qui prétendaient l'avoir trouvé passaient pour des aliénés. Je vis de mes yeux un de ces « cinglés ». Il se moquait des sorts qu'on lui lançait ; pour lui, penser à un enchantement suffisait à le concrétiser. Je ne l'ai pas jugé fou. Simplement, il semblait en paix avec lui-même, n'étant plus le jouet des obsessions et du vice. Il m'affirma que l'unique vrai sortilège était une femme : Mystra. Et que ses baisers étaient de miel.

Halivon Tharnstar, fidèle déclaré de Mystra
Contes du Sorcier Aveugle
Année du Wyvern

La nuit était chaude et paisible. Elminster compta ce que Farl lui avait presque fourré de force entre les mains. Il avait une dette...

Ses comptes faits, il regarda briller une pile de cent ducats. Au matin, ils auraient l'éclat de l'or.

Elminster était de nouveau libre de mener sa vie comme il l'entendait. Son trésor en bandoulière, il escalada les toitures pour la dernière fois, à la recherche d'une demeure.

Les volets entrouverts lui permirent d'apercevoir un autre couple de jeunes mariés, bien moins aisés que les Tourtrompette. Elminster avait été ravi d'apprendre leur union. S'introduisant dans la pièce à pas de loup, il les regarda dormir, le sourire aux lèvres.

La jarretière de la mariée était une œuvre exquise de dentelle et de rubans de soie. Elminster l'effleura...

Non, il ne l'emporterait pas comme trophée. Il n'était plus un voleur. Dans son sommeil, Shandathe sourit.

Sans un bruit, le bienfaiteur nocturne posa les pièces d'or entre les dormeurs, et les dernières sur le ventre de la mariée.

Puis il repartit sur la pointe des pieds.

*
* *

De son perchoir, Elminster contemplait la façade délabrée du temple de Mystra.

D'où il était, il apercevait un cadenas sur la porte d'entrée. Les seigneurs mages ne toléraient aucun rival. Mais ils n'avaient pas osé profaner le temple.

Peut-être Elminster pourrait-il forcer la main de la déesse, comme *elle* avait forcé la sienne en le laissant devenir orphelin.

En tout cas, admit le jeune homme avec honnêteté, il était las de gâcher son existence en jouant les chats de gouttière pour subtiliser une babiole ou une autre... Cette nuit, décida-t-il, il allait frapper un grand coup et débarrasser Athalantar de la magie.

Détruire un de ses temples attirerait peut-être les foudres de Mystra sur la cité. Et s'il devait y laisser la vie... Peu lui importait.

Sur le linteau du temple luisait l'inscription : « l'unique vrai sortilège ».

Le cadenas fut facile à crocheter ; l'oreille aux aguets, le jeune homme se glissa à l'intérieur, laissant sa vue s'adapter à la pénombre. Les lieux semblaient déserts. Mais sa nuque se hérissa. Soudain, il comprit la raison de son malaise : un silence absolu. Haussant les épaules, il gagna une énorme rotonde dotée d'un autel de pierre circulaire.

L'irruption d'hommes portant des flambeaux fit reculer Elminster derrière un pilier. Il y avait au moins deux patrouilles.

— Déployez-vous, ordonna-t-on, et fouillez le temple... Que la lumière soit !

Les pierres elles-mêmes parurent briller. Tout le monde vit le voleur.

Le sorcier qui commandait le détachement fit un geste... et Elminster sentit un picotement, qui lui rappela ce terrible jour, à Heldon. Son corps ne lui appartenait plus. Désespéré, privé de sa volonté, il marcha vers l'autel.

— La loi exige qu'on exécute les profanateurs des temples, rappela un vieux soldat.

— En effet, confirma le sorcier. Préparez vos lances. Le sang frais, sur l'autel, me permettra de lancer un sort que je médite depuis longtemps.

Le jeune homme se maudit : venir ici avait été stupide. Ainsi, il allait mourir... sans avoir accompli sa vengeance. Son ennemi le salua :

— Je suis Ildru, seigneur mage d'Athalantar. Parle : qui es-tu ?

— Un voleur.

— Pourquoi une telle visite, cette nuit ?

— Pour parler à Mystra, admit Elminster, se surprenant lui-même.

— Pourquoi ? Es-tu un mage ?

— Non, les dieux m'en gardent ! Je voulais prier la déesse de m'aider à renverser votre tyrannie.

— Et pourquoi t'aiderait-elle ?

— Les dieux existent... Leurs pouvoirs sont réels. J'ai besoin d'eux.

— Oh ! La tradition veut qu'on étudie de longues années, et qu'on risque volontiers sa vie avant de prétendre dialoguer avec des divinités ! Quelle folle arrogance !

— Les seigneurs mages sont les plus arrogants de tous !

Les soldats murmurèrent ; d'un regard, Ildru ramena le silence. Puis il conclut :

— Assez jacassé. A moins que tu ne veuilles m'implorer... (Elminster fut tiré en arrière, sur l'autel.) Mais dis-moi, si je te libérais et étudiais tes dons éventuels, serais-tu loyal au trône du Cerf ?

— Pour toujours !

— Et aux seigneurs mages d'Athalantar ?

— Jamais ! cria le condamné.

— Bon, soupira le sorcier. Tuez-le.

Les soldats levèrent leurs lances.

— Pardonnez-moi, père, mère... J'ai essayé d'être un vrai prince ! cria Elminster, au désespoir.

— *Quoi ?* s'étrangla Ildru.

Déjà, les lances fendaient l'air vers leur cible.

— Ildru des seigneurs mages, je te maudis ! Puisse mon sang retomber sur ta tête et...

El s'arrêta. Il aurait dû être transpercé dès les premières syllabes !

Suspendues dans le vide, les lances étaient nimbées d'une curieuse lueur. Elminster se jeta à plat ventre, mais il eut le temps d'apercevoir deux yeux flottants juste avant qu'ils se volatilisent.

De la pierre nue jaillit une flamme qui engloutit les lances ; la lumière insolite enveloppa le jeune homme. D'autres flammes s'attaquèrent aux soldats épouvantés

— sans les brûler. Comme englués dans un rêve, les hommes parurent dériver. Leur chef subissait le même sort.

Elminster se retourna et vit se matérialiser une silhouette féminine.

Un regard ambré se posa sur lui.

— Salut, Elminster Aumar, prince d'Athalantar.

Il recula. Jamais il n'avait vu aussi belle femme.

— Qui êtes-vous ?

— Quelqu'un qui t'observe depuis des années, espérant assister à de grandes choses.

Dans ses yeux dansaient les profondeurs fascinantes du mystère ; sa voix modulée caressait les sens.

Souriante, elle brandit un sceptre lumineux.

— Avec ceci, tu peux exterminer tes ennemis d'un coup. Il te suffit de prononcer le mot gravé sur le manche.

Le sceptre crépitant du bleu de la magie lévita vers lui. Elminster le saisit. Puis, sans un mot, il le posa par terre.

— Non. Se servir de magie contre des gens sans défense n'est pas bon. C'est exactement ce que je combats, ma dame.

— Oh ? Aurais-tu peur ?

— Un peu. En fait, je crains surtout de mal agir. Ce sceptre est chargé de puissance. Entre de mauvaises mains, il ferait beaucoup de tort. Je refuse de m'en servir à mauvais escient, au risque de détruire une partie des Royaumes ! Disposer d'un peu de pouvoir est toujours... agréable. Mais personne ne devrait disposer d'une puissance absolue.

— Qu'appelles-tu « absolue » ?

— Je hais la magie, ma dame. Un nécromancien a tué mes parents. Il a détruit un village en moins de temps qu'il n'en faut pour le dire. Nul ne devrait avoir trop de pouvoir.

— La magie est-elle mauvaise, selon toi ?

— Oui ! Ou peut-être... non. Mais le pouvoir absolu corrompt absolument.

— Ah. Une épée est-elle malveillante ?

— Non, belle dame. Mais dangereuse. Les armes ne sont pas à mettre entre toutes les mains.

— Qui arrêtera les tyrans et les seigneurs mages, en ce cas ?

— Vous cherchez à me piéger, ma dame !

— Non. J'essaie de te donner à réfléchir avant que tu émettes des jugements à l'emporte-pièce, aussi justes soient-ils. Alors, une épée est-elle malveillante ?

— Non, car elle ne réfléchit pas.

— Et ce sceptre ? (Secouant la tête, il ne répondit pas.) Si je l'offrais à un apprenti innocent et non à un seigneur mage, qu'aurais-tu à y redire ?

Elminster sentit monter sa colère. Tous les enchanteurs de la Création se piquaient-ils de vous rouler dans la farine avec leurs beaux discours ?

Pourquoi jouait-on toujours avec lui comme avec un gosse ?

— Je me prononcerais contre, ma dame. Nul ne devrait le détenir sans en connaître le fonctionnement et les dangers.

— Sages paroles chez un homme si jeune. La plupart des adolescents et des mages sont si capricieux et orgueilleux qu'ils feraient n'importe quoi pour un peu de pouvoir.

Sa remarque apaisa El. Au moins, elle l'écoutait. *Qui* était-ce ? Mystra postait-elle des magiciennes dans chacun de ses temples ?

— Je suis un voleur, ma dame, dans une ville soumise à de cruels thaumaturges. Les caprices et l'orgueil sont un luxe réservé aux riches imbéciles. Les voleurs, les fermiers, les mendiants et les petites gens doivent se contrôler chaque jour... ou en payer le prix.

— Que ferais-tu si tu devenais aussi puissant que ceux qui gouvernent ici ?

— J'utiliserais mon art pour les chasser et libérer Athalantar. Je réparerais un certain nombre de torts et d'injustices, puis je renoncerais pour toujours à la magie.

— Car tu la détestes. Et si ce n'était pas le cas ? Imagine qu'on te confère un tel pouvoir et qu'on t'ordonne de t'en servir ?

— Alors je tâcherais d'être un bon sorcier.

Les gardiennes des temples avaient-elles pour habitude de discourir toute la nuit avec les intrus ? Qu'importait ! Elminster appréciait de vider enfin son sac, de dire ce qu'il avait sur le cœur, et d'être écouté et compris — non jugé.

— Ceindrais-tu la couronne ?

— Je ne serais pas un bon roi, car je manque de patience. En revanche, je soutiendrais quiconque ferait un bon monarque. Car un sorcier responsable doit faire son maximum pour le bien de tous.

Elle eut un sourire éclatant. L'air vibra ; Elminster sentit ses cheveux se dresser sur sa tête et sa peau picoter.

— T'agenouilleras-tu devant moi ?

Le jeune homme déglutit avec peine. Malgré sa beauté, il y avait quelque chose de terrifiant en elle. Une puissance infinie semblait jaillir de son regard et de sa chevelure. Tremblant de peur, il osa demander :

— Dame, quel est ton nom ?

— Je suis *Mystra* ! (La réponse éclata comme un coup de tonnerre.) Je suis la Dame du Pouvoir et de la Magie ! Je suis la Puissance Incarnée ! Des pôles gelés de Toril jusqu'à ses jungles les plus moites, je suis partout où est la magie. Regarde-moi, tremble... et aime-moi ! Ce monde est mon domaine. Je suis son seul vrai sortilège.

L'écho mourut. Les piliers de la rotonde vacillèrent.

Elminster resta debout. Une douleur inconnue fit bouillonner le sang dans ses veines.

— Me défies-tu ? chuchota la déesse, interloquée.

— Non. J'aurais tant voulu que tu ne laisses pas mourir mes parents, ni ce royaume aller à vau-l'eau sous le joug imbécile des seigneurs mages. Pourquoi ?

— Que ressens-tu ?

— J'ai peur... mais je pourrais apprendre à t'aimer, avoua-t-il.

Une bienfaisante fraîcheur soulagea ses brûlures.

— Au nom de la liberté, je laisse carte blanche à ceux qui exercent mon Art. C'est ainsi que ces tyrans ont pu s'emparer du pouvoir. Si tu veux les renverser, pourquoi ne pas le faire avec leurs propres armes ? La magie serait un excellent outil entre tes mains. Et tu en serais plus digne que beaucoup. Je te le redemande, ajouta-t-elle d'une voix dure, t'agenouilleras-tu devant moi ?

Lentement, il s'exécuta.

— Dame, si je dois te servir... je voudrais garder les yeux ouverts.

— Les hommes de ta trempe ne courent pas les rues ! (Elle redevint grave.) De ton plein gré et en toute confiance, tends la main. Ou sors d'ici. Choisis.

Sans hésiter, il tendit la main. Mystra la frôla du bout des doigts.

Le feu le consuma et l'emporta dans des abysses dorés... Des milliers d'éclairs foudroyèrent son cœur.

Aspiré dans un kaléidoscope démentiel, aveuglant et déchirant, Elminster voulut crier.

Puis il... disparut.

*
* *

Mort de froid, Elminster revint à lui dans le temple,

au même endroit. Ses ennemis étaient toujours statufiés.

A présent, non content de voir la magie, il la sentait !

Il était nu. Ses habits s'étaient consumés. Il lui restait l'épée du Lion. Mystra et son sceptre avaient disparu ; sur l'autel, scintillait une inscription de feu :

« *Apprends la magie et parcours le monde. Tu sauras quand revenir à Athalantar. Adore-moi toujours avec un esprit vif et un manque total de servilité. Pour commencer, touche l'autel.* »

Les lettres disparurent.

Obéissant à contrecœur, il toucha la pierre nue, crut entendre un gloussement...

... Et s'évanouit.

CHAPITRE VIII

SERVIR MYSTRA

T'ai-je dit comment j'en suis venu à servir Mystra ? Non ? Tu n'en croiras pas un mot, naturellement. La Dame déconcerte la majorité des gens. Il est vrai que la plupart sont sensés. Plus ou moins...

Sundral Morthyn
Comment être un Sorcier
Année des Tessons Chantant

Le monde charriait des brumes nacrées. Hébété, Elminster entendit un gazouillis... et sentit de la mousse sous ses pieds nus. Où diantre était-il ?

La brise faisait bruire des feuillages...

Il était dans une forêt. Les brumes se dissipèrent, dévoilant une cathédrale végétale, avec des arbres si hauts que les rayons du soleil avaient peine à trouer les frondaisons. Près de lui gisait l'épée du Lion.

Quelque chose clochait... Baissant les yeux, El se découvrit une somptueuse poitrine féminine ! Eberlué,

122

il effleura ses courbes ahurissantes. La chair était réelle sous ses doigts.

Mystra l'avait transformé en femme !

Agrippant la garde rassurante de son arme, El rampa jusqu'à une petite source, près de là, pour y voir son reflet. Son nez aquilin et sa chevelure noire n'avaient pas changé, mais les traits de son visage s'étaient adoucis. Consterné, il étudia sa nouvelle morphologie. Des profondeurs de la source monta une flamme bleu-blanc, puis dorée.

Mystra !

Il l'effleura sans mesurer le danger d'une telle audace. Une voix mélodieuse résonna dans son crâne :

— *Elminster devient Elmara pour voir le monde à travers les yeux d'une femme. Apprends combien la magie fait partie de toute chose, car elle est une source de vie en soi. Ton mentor t'attend.*

La flamme disparut.

Haussant les épaules, « Elmara » se releva. Que faire ? Nue au fin fond d'une forêt, sans nourriture ni abri, qu'allait-elle devenir ?

S'il s'agissait de la Forêt Haute, « elle » devrait s'orienter au sud pour espérer en sortir et trouver à manger. Se désaltérant à la source, elle partit sans un regard en arrière, ne se doutant pas que deux yeux flottant l'observaient.

*
* *

Après un après-midi de marche, Elmara était fourbue, les pieds en sang. Elle devrait trouver un tronc d'arbre où se pelotonner avant la nuit. Le soleil mourant à l'horizon, la forêt prenait un aspect inquiétant. Fallait-il faire du feu ? Malgré le risque d'attirer des prédateurs, ça valait mieux. Après d'infructueuses tentatives pour obtenir une étincelle avec la lame de l'épée, El se décida à utiliser la magie. Concentrée, elle imagina une flamme blanche... Quand l'épée heurta de nouveau le roc, l'étincelle jaillit.

Les yeux écarquillés, Elmara jubila, puis s'arma de patience pour se faire un feu ronflant.

— Merci, grande Mystra. Je m'appliquerai et te servirai de mon mieux.

La flamme bondit... avant de redevenir normale.

Elmara était plongée dans ses pensées quand une botte noire surgit dans son champ de vision, s'abattant sur l'épée. Affolée, El leva la tête... et croisa le regard d'un elfe.

Il n'avait rien d'amical.

La main tendue, il en fit jaillir un dard de lumière.

D'une voix haut perchée, il s'enquit avec calme :

— Donne-moi une bonne raison de te laisser la vie sauve.

*
* *

Delsaran se récria d'indignation ; la pointe de ses oreilles en rougit.

— Ici, au cœur même des vieux arbres !

Baerithryn posa une main apaisante sur son bras et, de l'autre, traça un rond en l'air.

Un visage féminin leur apparut, disant : « *Merci, grande Mystra. Je m'appliquerai et te servirai de mon mieux.* » Puis l'âtre s'embrasa. Delsaran en resta pantois.

— La déesse l'a entendue !

— Ce doit être l'enchanteresse dont la Dame avait annoncé la venue, dit Baerithryn. Je la guiderai, comme promis.

— La Dame t'accorde le succès, dit son compagnon.

Baerithryn disparut.

Resté seul, Delsaran secoua la tête, perplexe. Les humains avaient tué ses parents et abattu à coups de hache les arbres de son enfance... Pourquoi la déesse leur envoyait-elle une femme ? Ne souhaitait-elle pas voir le Peuple maîtriser la véritable magie ?

— Elle doit penser que les elfes sont assez sages pour se guider eux-mêmes, dit-il à voix haute, un petit sourire aux lèvres.

Mystra ne s'était jamais directement adressé à *lui*.

Pensif, il s'enfonça dans la nuit.

*
* *

— Je n'en ai aucune à t'offrir, répondit Elmara, les yeux rivés sur l'épée. Mystra m'a envoyée ici et... (rougissante, elle se rappela qu'elle était nue) elle m'a transformée. Je ne cherche de noises à personne.

— Pourtant, dit l'elfe avec gravité, tu as l'intention de nuire à beaucoup.

— Je vis pour venger mes parents. Mes ennemis sont les seigneurs mages d'Athalantar.

Aussi taciturne que les arbres alentour, l'elfe ne baissa pas sa garde.

— Je veux les détruire, ajouta El, apprendre la magie pour les combattre avec leurs propres armes. J'ai... rencontré Mystra. Elle m'a dit que je trouverais un tuteur ici. Connais-tu un prêtre ou un sorcier adepte de la déesse ?

Le dard de lumière disparut, replongeant la jeune femme dans la pénombre.

— Oui.

Le mot flotta jusqu'à ses oreilles.

— Pourrais-tu me guider jusqu'à cette personne ? lança El d'une voix tremblante.

— Elle est devant toi, répondit l'elfe avec une pointe d'amusement. Quel est ton nom ?

— Elmara. (Quelque chose lui fit ajouter :) Jusqu'à ce matin, j'étais Elminster.

— Je suis Baerithryn. Le dernier humain qui m'ait fréquenté m'appelait Braer.

— Qui était-ce ?

— Une enchanteresse qui vivait il y a trois cents ans.

— Oh.

— Tu découvriras que je n'aime guère être questionné. Regarde et écoute. Ainsi font les elfes. Les humains passent peu de temps sur terre et ils n'ont que des questions à la bouche. Mais ils n'écoutent jamais les réponses. J'espère te guérir de ce travers. Maintenant, allonge-toi.

Ne sachant à quoi s'attendre, El obéit. Machinalement, elle se couvrit les seins et le bas-ventre.

— J'ai déjà vu des demoiselles, sourit l'elfe. Et tu n'as plus rien à me cacher. Tends une jambe.

Déconcertée, elle s'exécuta. D'une main légère, il lui prit le pied... et la douleur s'estompa.

— L'autre, dit-il simplement.

Il obtint le même résultat.

— Tu as donné quelques gouttes de ton sang à la forêt, ajouta-t-il, selon un antique rituel qui n'est pas du goût de tous.

Soudain, il poussa un petit cri et s'agenouilla près d'elle.

— Permets-moi... Ne bouge pas.

Elmara sentit des doigts effleurer ses cils. Son mal de crâne disparut. Ainsi que sa lassitude.

— Merci ! bafouilla-t-elle. Braer..., veux-tu être mon ami ?

Impulsive, elle embrassa l'elfe qu'elle voyait à peine. Ses lèvres rencontrèrent... les arêtes d'un nez.

Sans reculer, Braer ne chercha pas ses lèvres des siennes, mais caressa son menton.

— Oui, fille de prince. Maintenant, dors.

— Comme tout le monde, tu as commencé par craindre et haïr la magie. Puis tu as compris que c'était une arme trop redoutable pour être ignorée. La maîtriser ou s'en préserver est devenu une nécessité.

Braer se pencha ; des flammèches crépitaient sur les mains de son élève.

— Tu te demandes pourquoi je gaspille ton temps, toi dont la vie est si courte, à jouer comme un gosse avec la magie... Ce n'est pas pour te familiariser avec elle. Tu l'es déjà. Je voudrais t'apprendre à *aimer* la magie pour elle-même.

— Pourquoi devrait-on l'aimer ?

Ils restèrent yeux dans les yeux jusqu'à ce qu'elle avance une réponse à sa propre interrogation :

— Pour ne pas devenir comme ces vieillards tordus, cloîtrés entre quatre murs à chercher toujours *le* sort ou *le* composant qui leur manque ; ils gâchent leur vie en poursuivant des chimères.

— C'est parfois le cas. Mais l'amour de la magie n'est pas nécessaire chez les adorateurs de Mystra.

Elmara fronça le sourcil. Elle étudiait depuis deux ans. Hastarl et ses jours de rapines semblaient un rêve lointain. Mais elle n'oubliait pas les visages de ses ennemis.

— Certains adorent un dieu par pure crainte. Leur foi en est-elle moins pure pour autant ?

— Oui, répondit l'elfe, même s'ils l'ignorent. Maintenant, viens m'aider à chasser.

Un jour, Braer lui avait montré comment prendre la forme d'un loup avant de se lancer aux trousses d'un cerf. Ils passaient leurs journées ensemble ; le soir venu, il lui indiquait où dormir et la laissait dans un cercle de protection magique.

Jamais il n'accusait la fatigue ou ne s'impatientait. El ne voyait aucun autre elfe à part lui — même s'il lui avait confirmé qu'ils étaient dans la Haute Forêt, un des plus importants royaumes elfiques de Féérune.

— Braer, demanda-t-elle à brûle-pourpoint, pourquoi les elfes adorent-ils la magie ?

Un instant, Braer trahit sa satisfaction avant de reprendre son expression coutumière : une gravité attentive.

— Ah... Tu commences à réfléchir et à poser les bonnes questions. Ton apprentissage peut commencer.

— *Commencer*... ? s'exclama Elmara, indignée. Qu'avons-nous fichu pendant deux ans ?

— Nous avons perdu beaucoup de temps...

Le cœur serré, Elmara tomba à genoux et laissa éclater sa peine. Seule et découragée, elle pleura longtemps.

Quand ses larmes séchèrent, il n'y avait plus trace de son compagnon.

— *Braer !* Où es-tu ? (Seul l'écho moqueur de sa voix lui répondit.) Mystra, aide-moi !

La nuit tombait. Ce coin de forêt lui était inconnu. Affolée, elle invoqua le magefeu et brandit une main, illuminée telle une torche, pour repousser l'obscurité.

— Braer... *Par pitié*, reviens !

Près de là, les contours d'un arbre se troublèrent... Triste, Baerithryn reparut.

— Pardonne-moi, Elmara...

La jeune femme lui sauta au cou en sanglotant.

— Où étais-tu passé ? Qu'ai-je donc fait ?

— Je suis... navré. Je ne voulais pas te juger.

Comme pour calmer un petit enfant, il la berça, caressant sa longue chevelure emmêlée.

— Mais tu es *parti !*

— Tu semblais avoir besoin de... solitude pour laisser libre cours à ton chagrin. Il y a des combats qu'on doit mener seul.

El finit par retrouver le sourire. L'elfe fit apparaître un délicieux festin ; elle se régala.

— Je te le redemande, Elmara : me pardonnes-tu ? Je me suis mal conduit.

— Bien sûr !

— Nous détestons méjuger des autres. Et je me suis rendu coupable de cette indélicatesse. Je ne voulais pas t'affoler ainsi. Encore moins t'abandonner à ton chagrin. Te rappelles-tu de la question que tu avais posée ?

— Oui...

— Te sens-tu en forme pour bavarder toute la nuit ?

— Bien entendu.

— Il y a certaines choses que tu dois apprendre... et que tu es prête à entendre.

— Parle. Je t'écoute !

Il sourit.

— Pour une fois, je serai direct : nous aimons la magie parce que nous adorons la vie. C'est l'énergie à l'état brut qui régit Féérune. Les elfes et les nains vivent près des éléments, auxquels ils sont très attachés. Nous sommes en harmonie avec la nature et nous évitons la surpopulation. Pardonne-moi, mais les humains sont fort différents.

Acquiesçant, Elmara lui fit signe de poursuivre.

— A l'exemple des orcs, les hommes excellent dans quatre domaines : se reproduire comme des lapins, convoiter tout ce qui leur tombe sous les yeux, détruire ce qui les gêne et dominer le reste.

Elmara pâlit. Elle lui fit signe de continuer.

— Je ne mâche pas mes mots, je sais. Les humains cherchent à plier Féérune à leur volonté. Que n'importe quoi se dresse sur leur chemin, et ils l'écraseront. Ils sont vifs et intelligents, reconnaissons-le, et ils ne manquent pas d'initiative... Davantage que n'importe quelle autre race. Mais pour nous et pour la terre, ils représentent une menace. Ils pourrissent tout ce qu'ils touchent et grignotent nos forêts. Nous sommes sur nos gardes, bien sûr. Depuis fort long-temps, tu es la première humaine à être tolérée au cœur de ce royaume. Certains des miens verraient sans déplaisir ton cadavre servir d'humus.

Elmara l'écoutait sans broncher. Dans le silence qui suivit, elle soupira et demanda :

— En ce cas, pourquoi me... tolérez-vous ?

Avec un léger sourire, il lui prit une main entre les siennes :

— Par simple respect pour la Dame, j'ai entrepris de guider tes pas. Si les dieux te gardent, mon ensei-gnement t'empêchera de trop nous nuire. J'en suis venu à mieux te connaître... et à te respecter. Je sais quelle vie tu as déjà mené, Elminster Aumar, prince d'Athalantar. Je n'ignore pas tes espérances. Et il est dans notre intérêt de te préparer à affronter les sei-gneurs mages. Tu as su mettre de côté ta haine de la magie et évoluer ; tu as su t'accrocher à ta raison et à ta dignité quand la déesse t'a transformé en femme sans crier gare. Avec le caractère qui est le tien, t'enseigner la magie est devenu un plaisir pour moi.

Elmara sentit les larmes lui brûler les yeux.

— Tu... es l'être le plus patient et le plus doux que j'aie jamais connu, chuchota-t-elle. Pardonne mon émoi de tout à l'heure.

Braer lui tapota la main.

— C'était ma faute. Pour répondre à la question qui vient de te traverser l'esprit : Mystra a agi ainsi pour te protéger et te permettre de mieux ressentir les liens existant entre la magie, la terre et la vie. Les femmes sont plus sensibles que les hommes.

— *Tu lis dans mes pensées ?* s'écria-t-elle. Par tous les dieux, pourquoi ne pas m'avoir *dit* ce que j'avais besoin de savoir ?

— Je capte les émotions fortes à faible distance. D'autre part, si on obtenait instantanément les répon-ses à toutes ses questions, dis-moi ce qu'on en retiendrait ? Ni la mémoire ni la réflexion n'étouffent tes semblables, Elmara. Les gens sont trop heureux de toujours compter sur un autre qu'eux pour les guider.

— C'est vrai, admit-elle. Tu as raison.

— Je sais. C'est une malédiction... Nous avons *toujours* raison !

Interloquée, elle éclata de rire.

*
* *

L'aube jetait ses premiers feux à travers les branches quand Braer s'enquit :

— Es-tu trop lasse pour continuer ?

— Non ! Je dois en savoir plus ! Continue !

— Sache que la Haute Forêt meurt un peu plus chaque année, victime des bûcherons et des humains. Connaissant notre puissance, et incertains de la leur, ils croient que seul notre anéantissement leur garantira la sécurité.

D'une main, il désigna les arbres.

— Nos dons ont pour racines les saisons, la vitalité et l'endurance de la terre. Ça n'a rien à voir avec les sortilèges spectaculaires que les humains lancent sur un champ de bataille. Les seigneurs mages le savent bien, qui nous forcent à les combattre sur un terrain qui n'est pas le nôtre. Aussi, nous rechignons à nous opposer ouvertement à eux. J'ai perdu plus d'un compagnon qui refusait d'admettre leur supériorité... Mais nous pouvons te *soutenir*. Tant que tes amis et toi respectez la nature, nous devons nous allier contre le Mal. Quand tout sera prêt pour la bataille finale, nous vous rejoindrons. Nous en faisons le serment.

Autour des deux compagnons, une dizaine d'arbres frémirent... Des elfes murmurèrent :

— *Nous en faisons le serment.*

La gorge nouée, Elmara ouvrit de grands yeux avant de s'incliner.

— En échange, je jure ne jamais me dresser contre vous ou contre la terre.

Les elfes s'inclinèrent à leur tour et se fondirent de nouveau dans le sous-bois.

— Sont-ils toujours... autour de nous ?

Braer sourit.

— Non. Mais tu avais choisi un endroit particulier de la forêt pour laisser libre cours à tes larmes.

— Je suis honorée... Maintenant, je vais dormir. Me promets-tu de m'enseigner bientôt un sortilège à renverser les montagnes ?

Baerithryn sourit.

— C'est promis.

Effleurant sa joue d'une caresse, il la plongea dans le sommeil, l'allongeant sur un lit de mousse, et s'installa à côté. Pour le peu de temps qu'il leur restait à passer ensemble, il veillerait.

Il veillerait sur cette amie, précieuse entre toutes.

CHAPITRE IX

COMMENT ÊTRE UN MAGE

Etre un mage est difficile. On se sent seul. Voilà pourquoi beaucoup de sorciers meurent prématurément... ou végètent dans le crépuscule de la non-vie. De si brillantes perspectives expliquent pourquoi les candidats sont si nombreux...

Jhalivar Thrunn
Contes nordiques du Bivouac
Année des Boucliers Scindés

Une flamme surgit de nulle part.

— Mystra ? souffla Elmara, n'osant espérer.

Elle brilla plus intensément... avant de s'estomper. El soupira.

— J'avais espéré mieux.

— Un peu d'humilité, chuchota Braer. C'est plus que la plupart des miens n'obtiennent jamais de la Dame.

— Combien d'elfes adorent Mystra ?

— Très peu. Nous avons nos propres divinités. Le plus souvent, nous préférons tourner le dos au monde et à ses désagréments pour conserver nos traditions. Le problème, c'est que le monde ne l'entend pas de cette oreille, si je puis dire ! Il nous plante souvent une épée dans les fesses...

— Les *fesses ?* s'exclama El, amusée malgré le fond tragique de la remarque. Jamais je n'aurais cru entendre ça dans la bouche d'un elfe !

— Moi non plus... Nous prends-tu toujours pour des êtres nobles et éthérés planant au-dessus des contingences ?

— Oui, je... crois.

L'elfe secoua la tête.

— En réalité, nous sommes aussi terre-à-terre et exubérants que les forêts qui nous abritent. En fait, nous *sommes* la sylve. Ne l'oublie pas quand tu retourneras dans le monde des hommes.

— Quand je... Pourquoi dis-tu ça ?

— Je capte tes pensées, c'est plus fort que moi... Tu as été plus heureuse ici que jamais. Mais maintenant, tu es fin prête. Et tu as hâte de reprendre ton chemin. (Elmara fit mine de protester.) Allons, je ne suis pas dupe. Tu ne seras jamais en paix avec toi-même tant que tu n'auras pas vengé tes parents et affranchi Athalantar. C'est une obsession dont toi seule peux te libérer. (Il sourit.) Tu avais du chagrin à quitter Farl ; à présent, tu donnerais cher pour rester près de moi... Es-tu certain de vouloir retrouver ta virilité ?

Elmara grimaça.

— J'ignorais que j'avais le choix.

— Pas encore. Plus tard, peut-être... Quand l'archimage que tu seras fera trembler les Royaumes. Croyais-tu vraiment que Mystra resterait sourde à tes prières ?

— Je...

— Tu commençais à le craindre. Je t'assure du contraire. (Avec grâce, il se leva et lui tendit la main.) Tu me manqueras, mais je ne serai ni triste ni acariâtre. Il est temps pour toi de reprendre ta route. L'heure sonnée, tu reviendras. Je devais te familiariser avec les forces magiques et t'enseigner la sagesse. C'est chose faite. Je te conduirai jusqu'à la lisière de la forêt et là, une prêtresse de Myra, plus puissante que moi, prendra le relais.

— Je... C'est vrai que je m'impatiente. Pourtant, je ne veux pas partir.

L'elfe sourit.

— Mais si. Avant, je voudrais que tu lances correctement le sort de révélation !

— J'ai un petit problème avec celui-là, admit-elle. Mais j'en réussis une vingtaine d'autres !

Braer croisa les bras. Avec un sourire contrit, Elmara se tourna vers l'étang et écarta les bras pour incanter. Un flux d'énergie la submergea. Elle pivota pour partager cet instant d'euphorie avec son mentor.

Et cria de surprise.

Tout était devenu bleu sous l'influence de la magie.

— Oui, chuchota Braer. Tu ouvres enfin les yeux. Maintenant, il te reste à maîtriser ce sort.

Agacée, El voulut lui décocher un regard noir... et sursauta de frayeur. Grâce à son don de détection de la magie, elle vit, à la place de l'elfe, une aura aveuglante...

— Tu... es... un dragon ! bafouilla-t-elle.

— Parfois, ça m'arrive, fit-il, faussement blasé. Mais je *suis* un elfe qui peut se changer en dragon... pas l'inverse, je te rassure ! Voilà pourquoi les seigneurs mages d'Athalantar ont tant chassé le dragon dans ces bois. Je suis le dernier survivant.

— Le dernier ?

— Les autres ont été traqués et abattus... Les humains y ont veillé avec une grande efficacité.

— Oh. Je suis navrée, Braer.

135

— Pourquoi ? Tu n'y es pour rien. *Eux* devraient l'être. Les miens et moi comptons sur toi pour nous aider à le leur faire payer un jour.

— J'y compte aussi. Bientôt.

— Tu n'es pas encore prête... Même un archimage ne saurait l'emporter contre cette horde et ses laquais. Pour l'heure, ronge ton frein. La vengeance est un plat qui se mange froid, dit-on.

— A ce rythme-là, je risque de mourir de vieillesse, courbée sous le poids des ans, alors que les seigneurs mages exerceront toujours leur pouvoir sur Athalantar... !

— Depuis notre rencontre, j'ai souvent perçu cette appréhension chez toi. C'est pourquoi tu dois quitter la Haute Forêt avant de t'y sentir comme dans une cage.

— Quand devrai-je partir ?

— Dès que j'aurai fait apparaître assez de mouchoirs pour essuyer nos larmes ! Plus encore que les humains, les elfes détestent les adieux interminables.

El voulut rire... et hoqueta, les yeux débordant de larmes.

— Tu vois ?

Malgré son ton badin, lui aussi était affecté. Il la prit dans ses bras.

*
* *

Ils cheminèrent de nuit, gagnant bientôt la route de Hastarl. Pour la première fois de sa vie, El quittait le royaume du Cerf, et elle trouvait cela merveilleux.

Au côté de l'elfe, elle examinait la nouvelle contrée d'un regard neuf. Ils traversèrent une prairie d'herbes folles ; dix ans plus tôt, des hommes avaient allumé de grands feux pour expulser les elfes de ces territoires et se les approprier. A présent, les humains s'entassaient dans des villes surpeuplées, le long du fleuve Delimbiyr ; été après été, la forêt regagnait du terrain.

Plus adroits au tir à l'arc que jamais, les elfes reviendraient bientôt.

En vue de la demeure de la prêtresse, Braer refit ses adieux à son amie et disparut, retournant dans ses bois.

Elmara approcha... et faillit trébucher sur une vieille femme en robe noire, occupée à jardiner.

— Mille pardons, dame, bafouilla El. Je ne vous avais pas vue. Je cherche...

— Les gloires de Mystra, je sais.

Les mains tavelées continuèrent leur œuvre avec diligence et application. Quand la prêtresse releva la tête, elle plongea son regard vert dans celui d'Elmara.

— Pourquoi ?

— Je... Mystra m'a parlée. Selon elle, je sortais de l'ordinaire...

— Ils disent tous ça. Elle t'a ordonné de l'adorer, naturellement.

— Euh, oui...

— Qu'est-ce que la vie t'a appris, jeune fille ?

Elmara soutint son regard.

— J'ai appris à haïr, à voler, à pleurer et à tuer. J'espère qu'être prêtresse de Mystra ne se limite pas à ça.

— Pour l'essentiel, la réponse est oui. Voyons si tu feras vraiment mieux... Il faut que tu repartes.

— Quoi ?

— Il importe que tu voyages et parcoures le monde, ma jeune amie. Mystra n'a que faire de vieillards édentés ou de fillettes agenouillées devant ses autels. Féérune, tout autour de nous, est le véritable temple de la déesse. Va et ouvre grandes tes oreilles, petite. Apprends tout ce que tu pourras des sorciers, sans adopter leurs façons. Défends la magie, ses mystères et son folklore. Donne envie aux autres de s'y essayer, communique-leur ta foi et ton amour.

— Comment saurai-je si je suis sur la bonne voie ? Que devrai-je éviter ?

— Suis ton cœur. Mystra n'interdit rien à ses fidèles. Il faut *tout* essayer dans la vie. Ainsi le veut notre déesse.

Le sourcil froncé, Elmara se tourna pour reprendre la route.

— Mais restaure-toi d'abord, jeune écervelée. Profite de tes repas pour faire le point, et tu réfléchiras plus en une saison que la plupart en toute leur vie.

Ecoutant volontiers un si bon conseil, Elmara s'apprêtait à piocher dans le sac de victuailles que lui avait offert Braer pour son périple, quand la prêtresse claqua des doigts.

Surgi de nulle part, un plateau de légumes fumants se matérialisa sous le nez d'Elmara, ainsi qu'une fourchette d'argent.

A contrecœur, El tendit la main.

— Tu as peur d'un peu de magie ? railla la vieille femme. Tu seras une *merveilleuse* championne de Mystra !

— J'ai... vu la magie détruire et terrifier les gens. En conséquence, je m'en défie. Je n'ai pas choisi Mystra... C'est *elle* qui m'a parlé.

— Alors sois heureuse : nombre de sorciers rêvent toute leur vie de la voir... et meurent déçus. Si tu crains ou détestes notre Art à ce point, pourquoi être venue ici ?

— Pour respecter un serment, il me faut une magie puissante.

— En ce cas, mange puis va ton chemin. Réfléchis à ce que j'ai dit et souviens-toi : Mystra n'interdit rien.

*
* *

La vieille femme regarda disparaître Elmara dans le

sous-bois. Puis elle gagna le temple de Mystra, non loin de là, où elle se transforma en belle dame à la tenue irisée. Ses prunelles devinrent d'or et de flamme.

— Tu en as assez vu ? gronda une voix, dans l'ombre du porche.

D'un mouvement d'épaule, Mystra fit voler sa chevelure lustrée.

— Il pourrait être l'élu. Il a les idées larges et une nature passionnée.

Les contours du temple se brouillèrent et révélèrent un dragon de bronze qui, s'ébrouant, darda un œil empli de sagesse sur la déesse. Sa voix était si grave qu'elle faisait trembler les murs.

— Comme *tous* les autres. Avoir un don ne signifie pas qu'on l'utilisera à bon escient, ni qu'on fera les bons choix.

— C'est vrai, admit la déesse, non sans une pointe de tristesse. Grand merci, mon fidèle ami. Jusqu'au prochain vol ensemble.

D'une patte massive aussi douce qu'une plume, le dragon lui caressa une joue. Puis il rapetissa, adoptant l'apparence d'une vieille femme voûtée, les cheveux blancs et le regard pétillant. La « prêtresse » retourna vaquer à ses occupations.

Mystra partit de son côté.

*
* *

La plupart des intrus arpentaient le labyrinthe en poussant des cris de désespoir. Quand Ilhundyl, seigneur mage de Calishar, s'en lassait, il les faisait jeter aux lions.

La nouvelle venue traversa les murs — qui étaient pure illusion — et évita les pièges comme si elle pouvait les voir.

Son intérêt piqué, Ilhundyl, penché à une fenêtre,

regarda l'audacieuse traverser la cour qui menait au grand portail. Sans hésiter, elle emprunta la porte secrète, évitant ainsi les golems et les statues prêtes à foudroyer ceux qui passaient par le portail.

Feu Follet tenait à sa tranquillité et il aimait la vie... Il ne se passait guère un jour sans qu'on attentât à l'une ou à l'autre. Son château regorgeait de traquenards, mécaniques ou magiques.

Pensif, il fit tinter une cloche à l'aide d'un petit marteau.

A ce signal, des gardes gagnèrent leur poste ; les pavés s'ouvrirent sous les pieds de l'intruse.

Ilhundyl se tourna vers un serviteur de grande taille, qui attendait patiemment ses ordres.

— Mon seigneur ?

— Va examiner ce cadavre, Garadic, et...

— Seigneur !

Alerté par l'exclamation, le sorcier fit volte-face ; marchant *sur l'air*, la jeune intruse sortit du gouffre et continua son chemin, plus déterminée que jamais.

Sourcil froncé, l'archimage prit une décision :

— Garadic, ramène cette demoiselle, vivante, si possible.

*
* *

— Une prêtresse de Mystra m'a recommandé d'apprendre la sorcellerie avec ceux qui la pratiquent... et on m'a affirmé que tu étais le meilleur de tous, expliqua Elmara à son hôte.

— Pourquoi cette soif de connaissances, si tu refuses d'être des nôtres ?

— Je dois servir Mystra au mieux de mes capacités.

— Ainsi, tu désires progresser afin de mieux servir la Dame des Mystères.

140

Elmara acquiesça.

Ilhundyl fit un geste : les ténèbres engloutirent la salle, à l'exception des sphères lumineuses enveloppant les deux interlocuteurs.

Il reprit la parole avec la force du tonnerre :

— Sache, en ce cas, qu'il te faut devenir l'apprentie d'un sorcier. Quand tu sauras manier le feu et l'éclair, voyage loin et rejoins un groupe d'aventuriers. Explore les Royaumes, affronte le danger et utilise tes dons pour de bon.

Le maître de Calishar la regarda intensément avant de continuer :

— Quand tu auras vaincu une liche, cherche le *Livre des Sortilèges d'Ondil* et apporte-le dans le temple situé sur l'île dite la « Danse de Mystra ». Remets-le à la déesse. Mais n'ouvre ce tome sacré à aucun prix, car tel est le sacrifice qu'exige Mystra ! Ne cherche pas à savoir ce qu'il contient. A présent, va !

Elmara obéit, suivie de sa sphère lumineuse. Au-delà des portes de bronze, le sortilège cessa.

Alors, Ilhundyl conclut :

— Et quand tu m'auras remis ce livre, meurs, petite magicienne !

Les beaux traits de Garadic s'effacèrent pour reprendre leur véritable apparence... Curieuse, la créature reptilienne s'enquit :

— Pourquoi, maître ?

— Jamais je n'avais rencontré quelqu'un ayant un potentiel si formidable. Un jour, elle pourrait bien avoir le monde à ses pieds. Mais elle mourra.

Sa queue raclant contre le sol, Garadic avança.

— Et si elle survit, maître ?

Ilhundyl sourit.

— Tu veilleras à ce que ça ne dure pas.

QUATRIÈME PARTIE

MAGE

CHAPITRE X

DANS LA TOUR FLOTTANTE

La grande aventure ? Laissez-moi rire ! La peur panique... Détaler dans les mausolées, saigner un peu partout, se débattre contre des créatures qui, elles, n'ont plus de sang dans les veines... Si tu es un mage, ça durera jusqu'à ce que tu croises un confrère plus rapide que toi. Allez, ne me parlez pas de « grande aventure ».

Theldaun « Foudre-de-guerre » Ieirson
Enseignements d'un Vieux Mage Renaud
Année du Griffon

En cette fin de saison, les arbres se paraient de leurs plus beaux or. Les *Lames Vaillantes* arrivèrent en vue de leur destination : la Tour Flottante, fief de feu Ondil, un archimage retombé en poussière depuis des lustres et devenu légendaire.

La tour était sise à l'ouest des Collines du Cor, au fond d'une gorge sauvage.

Les fondations étaient en ruine ; entre le sol et le sixième étage béait un vide où auraient pu tenir douze hommes. Depuis des siècles, la tour d'Ondil flottait grâce à la sorcellerie.

Dans une nécropole, les *Lames* avaient découvert des écrits sur l'archimage et sur ses trésors. Peu après, ils avaient entrepris le long périple.

Leur mage attitré, le vieux Lhangaern, avait concocté une potion de jouvence... Après l'avoir bue, avec un hurlement de souffrance, il était tombé instantanément en poussière.

Quand les aventuriers rencontrèrent Elmara, et que celle-ci eut fait ses preuves, ils la recrutèrent quasiment de force. Il n'était pas question d'entreprendre une aventure si périlleuse sans le moindre sort à disposition.

Avec son nez d'aigle, sa gravité, et son accoutrement guerrier des plus virils, Elmara n'avait rien d'une beauté. Personne ne lui faisait d'avances incongrues ; la bougresse ne vivait que pour ses grimoires — ceux de Lhangaern — et elle passait son temps le nez dedans. Le soir, les aventuriers appréciaient ses feux magiques, pour les réchauffer et repousser les ténèbres. Mais au grand dam des guerriers, chacun de leurs plans soulevait une foule d'interrogations éthiques de la part de leur nouvelle recrue — la seule femme du groupe : « *Devrions-nous occire ce quidam ? Est-ce bien nécessaire ?* », ou « *Mais que vous a fait ce dragon ? Ne serait-il pas plus prudent de lui ficher la paix ?* »

A présent, la tour se dressait devant les *Lames*...

Ils attachèrent leurs chevaux à l'ombre des arbres.

Le chef du groupe se tourna vers Elmara :

— Eh bien, sorcière ?

Avec sa crinière rousse et ses épaules musclées, Tarthe avait tout du lion. Superbe, il dirigeait ses compagnons.

Sans perdre de temps, El se mit à l'œuvre. Invoquant une corde magique, qui resta dressée en l'air, elle y monta maladroitement sous les regards goguenards des guerriers. Une fois qu'elle fut parvenue à la première pièce du sommet de la tour, qui béait dans le vide, les guerriers, dont un prêtre de Tempus et un autre de Tyché, grimpèrent aussi. Le plus jeune monta la garde près des chevaux, se préparant à une longue veille.

*
* *

Au bout d'un corridor à demi effondré, les aventuriers passèrent brutalement des ruines à la splendeur.

Une pièce tendue de velours écarlate s'offrait à leurs regards ; une autre abritait de magnifiques statues : criantes de vérité, c'étaient de belles femmes ailées. Certaines s'animèrent pour accueillir les visiteurs par des poèmes oubliés depuis des siècles.

Prenant garde de ne rien toucher, les *Lames* déambulèrent devant ces merveilles, les yeux écarquillés. La pièce suivante regorgeait de richesses. Gralkyn le voleur fut à son affaire.

Ithym passa dans la salle d'après, puis cria à ses compagnons de le suivre. Bientôt, ils débouchèrent sur un balcon... qui donnait dans le vide. Scrutant l'obscurité, ils aperçurent d'autres balcons, au-dessus et au-dessous.

— Elmara, demanda Tarthe, peux-tu invoquer une sphère lumineuse ?

— Oui. Mais le devrais-je ? On dirait que... quelque chose nous épie et n'attend que ça, justement !

Tarthe soupira.

— Nous sommes dans le fief d'un sorcier. *Bien sûr* que des pièges nous guettent de tout côté ! Nous crois-tu inconscients ?

— Je... Une terrible magie tend partout ses filets. Qu'adviendra-t-il si je perturbe l'équilibre de ces énergies ? Préparez-vous au pire... Alors je le redemande : dois-je le faire ?

— Pourquoi ces éternelles questions sur ce qu'il faut faire ou ne pas faire ? explosa Tarthe. Utilise tes pouvoirs ! Depuis quand les sorciers se soucient-ils d'autrui avant de lancer leurs foudres, mille tonnerres !

— Ça ne s'est jamais vu, bougonna un guerrier, s'attirant un regard noir de son chef.

Conciliant, il écarta les bras.

— Eh, Tarthe, pour ce que j'en disais...

— Bon, intervint Elmara, je vous éclaire et tant pis pour les conséquences. Ecartez-vous.

Devant le globe lumineux qu'elle invoqua, les ténèbres s'écartèrent comme des rideaux qu'on tire, dévoilant l'immensité des lieux. D'autres sources de lumière, indépendantes de la volonté d'Elmara, s'activèrent à leur tour. Paradoxalement, la zone sphérique était plus imposante que la tour d'Ondil proprement dite.

— *Dieux !* s'exclamèrent les aventuriers.

Au centre de l'immense salle apparurent quatre sphères éblouissantes de la taille de deux hommes.

La plus proche contenait un dragon rouge, replié sur lui-même. Il semblait dormir les yeux ouverts. La plus éloignée abritait un être de légende : un humanoïde à la pigmentation pourpre, des globes blancs à la place des yeux et des tentacules en guise de bouche. Un flagelleur mental ! La troisième sphère contenait un œil monstrueux aux pédoncules reptiliens : un spectateur !

Ces êtres terrifiants sévissaient, disait-on, à l'est du Calimshan, asservissant tous ceux avec qui ils entraient en contact.

Elmara n'eut d'yeux que pour la quatrième sphère : un grimoire tenu ouvert par deux mains squelettiques — sans doute ses gardiennes, comme les trois autres créatures.

— Alors, lâcha Ithym avec gouaille, tournons-nous le dos à notre plus grand défi pour nous en sortir

148

sains et saufs, ou attaquons-nous pour mourir avec gloire ?

— Pourquoi se donner tant de mal pour un bouquin ? grinça un des guerriers, la peur au ventre.

— Oui, renchérit un autre. Comme si on avait besoin d'un grimoire de plus pour semer le chaos et la destruction dans Féérune !

— Au contraire, intervint Gralkyn, ce pourrait être un livre de prières, couvert de prédictions et de pistes au trésor...

Dlartarnan le guerrier lui lança un regard noir.

— Je reconnais un grimoire quand j'en vois un !

— Je ne suis pas venu jusqu'ici, lança Tarthe, pour reculer maintenant. Nous ne sommes pas des couards, tout juste bons à traquer les lièvres, à taquiner le gardon, et à laisser nos lames rouiller dans nos fourreaux !

— Bien parlé ! approuva Ithym.

— Assez jacassé, intervint Elmara. Deux choix s'offrent à nous : rebrousser chemin, ou affronter ces monstres. Car soyez certains que ce sont tous les gardiens de ce livre.

Armes au poing, les prêtres y allèrent de leurs maximes :

— Tyché recommande au cœur brave et noble de tenter sa chance.

— Tempus attend des aventuriers qu'ils ferraillent d'abondance et ne reculent jamais devant l'ennemi.

Gralkyn soupira.

Les compagnons échangèrent de petits sourires, sans se dissimuler tout à fait leur peur. Dans un silence tendu, Elmara reprit la parole :

— Moi qui adore Mystra, de vous tous, je suis la plus liée à la magie. Face à ce... qui nous attend, il convient que j'attaque la première.

Elle tremblait d'excitation et de frayeur.

— Qui es-tu, Elmara ? bougonna Dlartarnan. Le

Magister caché sous une enveloppe débile, la sorcière suprême de Calimshan ou l'idiote du village ?

— Paix ! coupa Tarthe d'un ton sans réplique. L'heure est mal choisie pour nous quereller !

— Quand je serai raide mort, répliqua le guerrier, il sera un peu tard pour que je donne mon avis !

— Je suis peut-être une idiote, intervint Elmara, mais oublie une minute ta peur pour faire marcher ta matière grise... Et tu admettras que mes efforts, aussi piètres soient-ils, sont notre meilleure chance de repartir d'ici vivants.

Plusieurs protestèrent de plus belle... et s'arrêtèrent. Leurs regards allèrent des sphères à la jeune femme.

— C'est de la folie, conclut Tarthe. Mais c'est effectivement notre seule chance. Qui se déclare contre ?

Ithym secoua la tête, bientôt imité par les autres.

— Bien, dit Elmara. Tenez-vous prêts. A mon signal — *et pas avant*, quoi qu'il advienne —, jetez vos lances. Pendant que je préparerai mes sorts, qu'un de vous surveille les lueurs, derrière nous, et me prévienne si elles se rapprochent.

Elle incanta, lança diverses poudres dans les airs, qu'elle prenait dans des sachets accrochés à sa ceinture, puis traça des cercles intrigants dans les airs...

Les sphères flottantes prirent un nouvel éclat. Enfin, Elmara saisit son bâton, approcha de la balustrade et se déclara prête.

— Avant que la bataille commence, s'enquit Tarthe, pourrais-tu nous expliquer à quoi rimait tout ça ?

— Les minutes sont comptées, mais soit : me voilà insensible aux flammes. De plus, je peux voler, et les sorts jetés contre moi seront renvoyés à leur source.

— Vraiment ?

— C'est exceptionnel, bien sûr. Cette famille de sortilèges est liée à un *dwaeodem*.

— *Voilà* qui explique tout ! s'écria Gralkyn, sarcastique. Je peux aller au massacre heureux et rassuré !

— Les sorts, disais-je, sont repoussés par le bouclier qui me protège. Sa création a exigé le sacrifice d'un objet magique de prix. Tant que je l'utilise, il draine mon énergie, lentement mais sûrement.

— Alors assez bavardé ! coupa Tarthe. Mène-nous au combat, sorcière.

La tête rentrée dans les épaules comme un guerrier baissant sa visière pour la bataille, Elmara enjamba la balustrade... et sauta dans le vide.

Les *Lames* se penchèrent. Bras en croix, El *volait*. Blême, elle virevolta ; près d'elle, son bâton accompagnait ses mouvements. Les mains travaillant à toute allure, elle s'immobilisa face aux aventuriers, bras tendus au-dessus de la tête. Ses lèvres lancèrent un mot qu'ils n'entendirent pas.

Toute la salle trembla.

Les quatre sphères vibrèrent ; tirés d'un long sommeil, leurs occupants s'ébrouèrent.

Abrités derrière la balustrade, sur la défensive, les aventuriers suivirent le formidable affrontement.

Le flagelleur mental chercha à briser sa coquille.

En pure perte.

Le dragon rugissait dans sa prison de lumière. Apercevant les hommes tapis sur un balcon, il gronda de rage.

Soudain, les deux sphères se lancèrent l'une contre l'autre à une vitesse inouïe... et le monde éclata dans un déluge de feu.

Aveuglés, les *Lames* reculèrent. Seul Asglyn, l'Epée de Tempus, s'y était attendu : il avait fermé les yeux à temps. Quand il les rouvrit, il vit le dragon refermer la gueule sur l'Illithid et n'en faire qu'une bouchée.

La sphère du spectateur fonça à son tour sur le dragon. Asglyn remarqua la mine verdâtre d'Elmara ; trempée de sueur, elle poussait mentalement le globe sur la trajectoire voulue.

Après une nouvelle nova, quand le prêtre osa rouvrir les yeux, l'œil géant se tordait dans les flammes ; battant des ailes, le dragon cherchait à le déchiqueter à coups de griffes.

Son adversaire riposta par des rayons meurtriers jaillis de ses pédoncules. Dans les grondements du dragon, la peur se fit entendre.

La voix d'Elmara éclata dans le crâne d'Asglyn :

— *Lancez tout ce qui peut trancher ou percer les yeux du spectateur !*

Le prêtre guerrier jeta son marteau de guerre contre l'œil central du monstre. Sans attendre le résultat de sa manœuvre, il replongea à l'abri, imité par ses compagnons.

Le sort suivant d'Elmara fit apparaître des épées volantes qui attaquèrent les pédoncules. Plus d'un fut tranché, et un liquide laiteux en coula. Le spectateur orienta ses foudres contre la magicienne.

Les rayons rebondirent vers leur source.

Fou de douleur, le dragon cracha le feu. Les flammes parurent couler le long d'un bouclier invisible. En revanche, rien ne protégeait le spectateur. D'un formidable coup de queue, le dragon envoya son ennemi valser près du balcon où se pelotonnaient les aventuriers. Ceux-ci en profitèrent pour le larder d'acier.

Quand le monstre termina sa course, il se retourna contre les impudents ; avec ses derniers pédoncules, il voulut détruire le balcon. Sous l'assaut, la balustrade céda à demi. Les *Lames* détalèrent aussi vite que possible avec des cris d'effroi.

Mais en vérité, le spectateur ne pouvait plus rien contre les humains. Une fois de plus, son attaque se retourna contre lui. Les guerriers firent pleuvoir leurs lames sur lui.

Déterminé à détruire la créature qui lui avait valu tant de douleur, le dragon revint à la charge. Le spectateur darda sur lui ses rayons magiques. Rugissant de douleur, le dragon s'écrasa contre une paroi avec une telle force que les aventuriers manquèrent être précipités à terre.

Avec de terribles cris d'agonie, le grand wyrm disparut en fumée.

Non loin de là, Elmara préparait un nouveau sortilège.

Avec une lenteur menaçante, le spectateur braqua son œil central sur la magicienne pour la vider à son tour de toute puissance. Prise dans le « champ de drainage », El sanglota de terreur. Le spectateur approcha pour lui porter le coup de grâce. Désespérés, les aventuriers lancèrent leurs dernières armes contre le monstre, joignant même leurs bottes et leurs boucliers.

Elmara tendit un bras comme pour faire claquer un fouet. Le bâton qu'elle tenait s'anima. Victime de sa propre offensive, une fois de plus, le spectateur fit une embardée.

Campés sur les restes de la balustrade, désarmés, Tarthe et Asglyn observaient la scène. Tirant une dague de sa ceinture, Elmara fondit sur son adversaire... qui riposta avec succès, cette fois. La jeune femme fut catapultée à des pas en arrière, la lame arrachée de sa main. Alors, elle sortit de sous sa veste une vieille épée et revint à la charge.

De nouveaux sortilèges jaillirent de la lame ébréchée... et l'acier mordit la chair du monstre.

Qui poussa des cris d'orfraie, filant à l'autre bout de l'immense arène.

Parvenue à s'agripper au spectateur, Elmara le larda de coups avant de s'écarter.

Le monstre se propulsa contre une paroi, revint au centre de l'arène... puis fonça s'écraser contre le roc...

Et ainsi de suite.

Fascinés par l'étrange manège, les aventuriers ne perdirent pas une miette du spectacle.

— Combien de temps cela va-t-il durer ? s'étonna Tarthe.

— Le spectateur est condamné à s'écraser sans cesse contre la paroi jusqu'à ce qu'il éclate sous les chocs répétés, expliqua Asglyn. Peu de thaumaturges osent recourir à ce genre de sortilèges.

— Je n'en doute pas, souffla Ithym près de lui, avant de hoqueter de surprise, les yeux ronds.

Bâton en main, Elmara s'attaqua à la quatrième et dernière sphère. Les mains squelettiques lui sautèrent à la gorge. Elle les écarta ; l'une la prit à revers et s'enfonça dans son cou. Elmara réagit trop tard. En désespoir de cause, elle cracha une nouvelle incantation tandis que l'autre main, amputée de deux doigts, revenait à la charge. Impuissants, les guerriers virent la sorcière se débattre.

Les lueurs qui dansaient autour de la jeune femme s'intensifièrent.

Les doigts désincarnés tombèrent en poussière. La sphère disparut. Dans le silence soudain, les hommes entendirent leur compagne hoqueter, à la recherche de son souffle. Derrière eux, par où ils étaient arrivés, les lumières flottèrent, dérivant le long du corridor, pour se déverser dans le vide...

— Elmara, *attention !* croassa Tarthe.

Dressant la tête, la jeune femme les étudia avant d'agiter une main rassurante. Puis elle se pencha sur la récompense de tant d'efforts : le précieux grimoire d'Ondil. Quand elle le toucha, les lueurs fondirent sur elle. Enveloppée d'un arc-en-ciel fluorescent, El se figea.

Les *Lames* virent le grimoire glisser de ses mains et se refermer. Une bande métallique s'enroula autour ; les extrémités fusionnèrent, le scellant par magie.

Une par une, les lueurs moururent, libérant la jeune femme.

Heureuse, toute douleur oubliée, elle s'écria :

— *Enfin !* Nous avons réussi !

Le tome glissé dans sa ceinture, elle récupéra les armes intactes qui flottaient autour d'elle, et revint au balcon. Intimidés, les aventuriers la regardèrent avec un respect nouveau. Puis ils reprirent leurs armes avant de l'étreindre, en guise de remerciements.

— J'espère que ça en valait la peine ! bougonna Dlartarnan, écœuré. Et qu'on repartira avec d'autres babioles ou...

Dérouté, il s'arrêta. La pièce qu'ils avaient traversée en dernier s'était transformée.

— Encore des embrouilles de sorcier ! gronda-t-il. Que faire maintenant ?

Tarthe haussa les épaules.

— Ithym, jette un coup d'œil, sans qu'un seul de tes orteils en franchisse le seuil... Alors ?

— On dirait une crypte... Ce long bloc, là-bas, est un sarcophage. Je vois deux autres portes au moins, et des fenêtres... La lumière qui en provient est naturelle, pas artificielle.

Derrière le voleur au regard perçant, le groupe se pressait. Telle une entité malveillante, la pièce semblait guetter le premier qui s'y aventurerait...

— La tombe d'Ondil..., comprit Tharp, lugubre.

Tarthe se tourna vers Elmara, toujours imperturbable. Encore sous le choc des prodiges auxquels il venait d'assister, il secoua la tête. Peut-être les racontars des vieux aventuriers, le soir au coin d'un feu, plongeaient-ils quelque racine dans la réalité, tout compte fait...

— Essayons d'atteindre d'autres balcons grâce aux cordes magiques d'El, suggéra Ithym. Ou personne, dans les tavernes, n'entendra parler de la lutte épique de notre sorcière contre un spectateur, un Illithid *et* un dragon... Tout ça pour ne pas manquer de lecture !

Les rires qui saluèrent sa boutade avaient quelque chose de... désespéré.

CHAPITRE XI

UNE FLAMME BLEUE

De toute une existence passée à abattre des tours, à invoquer des démons et à détourner le cours des fleuves, quel est le plus terrifiant de tout pour un sorcier ? La flamme bleue, mon ami ! Si tu la vois, tu auras contemplé le plus intimidant des spectacles pour un enchanteur — et le plus merveilleux.

Aumshar Urtrar, maître mage
Dit à un apprenti l'été
Année de la Lune Eplorée

Une fois de plus, les griffes du destin menaçaient de se refermer sur les *Lames Vaillantes*. Après avoir essayé neuf autres balcons pour toujours retomber sur la même salle lugubre, ils durent se rendre à l'évidence : les intrus n'échappaient pas au tombeau d'Ondil.

— La magie, toujours la magie ! éructa Dlartanan. Pourquoi les dieux ne sourient-ils pas aux guerriers et aux plans simples !

— Tout doux, Dlar ! coupa Asglyn. Comme tu le

sais, Tempus place l'art de l'escrime au-dessus de tout. Prétendre en savoir plus qu'un dieu est suicidaire !

— Tout à fait, renchérit le prêtre de Tyché. Ma Dame aime ceux qui, loin de geindre, font feu de tout bois, et ne se laissent jamais décourager.

— Fort bien, maugréa Dlartanan. Pour être agréables à vos chères divinités, je ferais aussi bien de passer... et de *tomber* le premier ! Voilà qui rendra heureux Tempus *et* Tyché !

Joignant le geste à la parole, il s'aventura dans la salle. Haussant les épaules, ses compagnons le suivirent.

A l'autre bout, le guerrier voulut crocheter la serrure d'une des deux portes. Il y eut un craquement sinistre ; des flammes bleutées jaillirent...

La chose carbonisée qui avait été Dlartanan de Belanchor s'écroula. Son crâne roula et s'immobilisa face aux vivants ; il y avait comme un reproche dans son sourire macabre...

— Que Tyché veille sur son âme..., souffla un des prêtres d'une voix mal assurée.

Avec un cliquetis rappelant un sanglot, l'épée du guerrier, à demi calcinée, retomba à terre et se brisa.

Elmara blêmit. La main que posa Ithym sur son épaule pour tenter de la réconforter tremblait autant qu'elle.

— Si nous essayions l'autre porte ? proposa Gralkyn.

— Avec l'aide de Tempus, j'ai peut-être ce qu'il faut, dit Asglyn.

Après une courte prière, il incanta.

La porte vibra sur ses gonds. Le mur se fissura. Courant à toute allure, la lézarde rejoignit la base du sarcophage... Sous les regards interloqués de ses compagnons, Asglyn s'enflamma et mourut en hurlant d'épouvante.

Dans le silence qui suivit, Tarthe souffla :

— Filons d'ici !

Tharp était le plus près de l'issue menant au balcon ; il courut... et se figea, pris de convulsions.

Ses compagnons le virent *imploser*.

Un atroce amas sanguinolent demeura sous l'armure et le heaume.

Les cinq survivants se regardèrent, épouvantés. Plus livide l'un que l'autre, Tarthe et Elmara se prirent par la main.

— Depuis sa tombe, Ondil nous élimine les uns après les autres, murmura Othbar, la Main de Tyché. Si nous ne trouvons pas vite une solution, nous rejoindrons les légions des damnés : celles des morts-vivants.

— Que faire ? gémit Tarthe, les traits déformés par la peur. Elmara et toi vous y connaissez plus que nous tous en magie !

— Si nous creusions ? suggéra Elmara sans grande conviction. Les portes et les fenêtres sont sûrement toutes piégées. Mais s'il a négligé les dalles, Ondil devra revenir d'entre les morts pour nous régler notre compte !

— Et ensuite ? couina Gralkyn.

— Nous jetterons nos dernières forces dans la bataille ! cria Tarthe.

— Laisse-moi d'abord lancer un sort, dit Othbar d'une voix mal assurée. Si ça marche, Ondil sera captif de sa crypte au moins un temps... qu'il faudra mettre à profit très vite.

— Et ensuite ? répéta Ithym, lugubre. Devrons-nous vivre la peur au ventre jusqu'à notre dernier souffle, avec des monstres aux trousses ?

— Nous n'en sommes pas encore là, rappela Tarthe. Si nous ne fuyons pas d'ici, nous n'aurons plus jamais de problèmes à régler ! Préparez-vous. Othbar, donne-nous le signal dès que tu seras prêt.

Le prêtre pria sa déesse de se rappeler les longues et fidèles années qu'il lui avait consacrées. Puis, s'entaillant une paume au moyen de sa lame, il incanta.

Et il s'écroula, mort.

De son cadavre s'éleva un ectoplasme qui prit l'aspect du défunt. Pointant un filament sur les quatre *Lames* restantes, il attira ensuite leur attention sur les fenêtres. Puis l'ombre glissa vers le sarcophage et tint le couvercle fermé grâce à sa force surnaturelle.

Les deux aventuriers déroulèrent chacun la corde dont ils se ceignaient toujours la taille, les lièrent ensemble, et approchèrent avec circonspection des fenêtres. Gralkyn tira les rideaux de la première sans brusquerie. Rien ne se passa. Tout avait l'air normal. Si ce n'est qu'il n'y avait aucun système d'ouverture... Les carreaux étaient encastrées dans les jointures.

— Brise-les, suggéra Ithym.

S'en remettant à la grâce des dieux, Gralkyn obtempéra, utilisant la garde de son épée.

Une spirale de lumière apparut, grandit...

— En arrière ! cria Elmara.

Après les avoir plaqués contre les murs et leur avoir brisé tous les os, telles des poupées de chiffons, une force inouïe aspira les deux hommes à l'extérieur. Ithym poussa un hurlement rauque... avant de s'écraser sur les rochers.

Tarthe se tourna vers la magicienne.

— Il ne reste plus que toi et moi... Le livre que tu serres contre toi ne contient-il rien de nature à nous tirer de ce traquenard ?

— Ondil l'a scellé ! Je me refuse à risquer de l'ouvrir tant que nous sommes sur son territoire, et tant que le sacrifice d'Othbar nous fait gagner encore un peu de temps.

— Combien nous reste-t-il ?

— Si je le savais, je m'appellerais Ondil !

— Ne plaisante pas ! Comment savoir si, victime d'un sort, tu n'es pas devenue la *chose* de l'archimage à notre insu ?

— C'est un souci légitime, en effet.

Tarthe poussa un lourd soupir.

— Que faire ?

— Ondil est trop puissant. Pour détruire son œuvre et nous en affranchir, nous devons l'éliminer *lui*. Et je dois te préparer à l'affrontement.

— Oh ?

Sur la défensive, il leva son épée quand elle fit mine d'approcher.

— Tarthe, je peux encore voler ; à supposer qu'on abatte cette tour, il faut que tu en sois capable aussi pour t'en sortir indemne.

— Très bien. Lance ton sort.

A peine finissait-elle qu'un éclat l'auréola. Pivotant, elle vit se volatiliser le spectre d'Othbar.

— Ondil revient à la charge, chuchota-t-elle, lançant un nouveau sortilège.

Dans le sarcophage, dont le couvercle avait disparu en même temps que l'ectoplasme, reposait un cercueil d'aspect ordinaire et trois livres.

— Ne les touche pas, Tarthe, si tu ne veux pas embrasser une liche ! le prévint-elle.

Arme au poing, le guerrier recula.

— Je n'y tiens pas plus que ça... Et toi ?

— Je fais ce que je dois. Advienne que pourra. Recule à l'autre bout de la salle et plus un geste !

Déterminée, elle posa une main sur un des grimoires. Le couvercle du cercueil s'évanouit à son tour. Une créature en surgit et agrippa la jeune femme de ses mains glacées.

Loin de chercher à se dégager, El sourit à la face d'Ondil et prononça le dernier mot de son sortilège. La liche ne tint plus que du vide entre ses griffes...

... Un instant avant que le plafond s'écroule sur le cercueil.

El s'était réfugiée près du dernier survivant. Ebahi, Tarthe vit les poutres et les pierres effondrées se remettre en place de leur propre chef. Pour la première fois, il osa espérer.

Plus rien ne sortit du cercueil ensorcelé. Circonspecte, Elmara y jeta un coup d'œil : au fond gisaient les os du défunt et les trois grimoires. Elle les prit, les jeta par terre et les piétina rageusement.

A la vue de l'étrange danse guerrière, Tarthe partit d'un grand éclat de rire. Puis El fit disparaître les grimoires. L'hilarité de son compagnon cessa d'un coup.

Pivotant, la magicienne vit un homme sortir de l'ombre... du heaume de feu Tharp.

Ce visage ! Comment Elmara aurait-elle pu oublier le seigneur mage qui avait détruit Heldon et tué ses parents !

— Eh oui, Elmara..., ricana l'apparition. Ou devrais-je dire Elminster Aumar, *prince* d'Athalantar ? Dès le début, Tharp était mon espion parmi les *Lames*.

La dague que lança Tarthe le traversa de part en part, pour s'écraser contre un mur.

L'instant suivant, Tarthe Maermir, chef des *Lames Vaillantes*, s'enflamma comme une torche ; plaqué contre une paroi, il s'écroula, le cou brisé.

Elmara articula *un* mot.

Le seigneur mage se volatilisa.

Pour réapparaître, plus près d'elle. El incanta frénétiquement.

— Merci d'avoir détruit Ondil, ce qui augmente ma puissance, ironisa son ennemi. Me voilà ton obligé ! Heureusement, le monde va être débarrassé de toi... sur-le-champ !

A un de ses doigts, un anneau brilla ; l'univers explosa dans un déluge de flammes.

Presque transformée en torche humaine, Elmara bascula par une fenêtre. Alors qu'elle criait de douleur, une partie de son esprit conserva son sang-froid ;

le précieux grimoire glissé dans sa ceinture semblait ignifugé. Elmara aperçut les cadavres disloqués des voleurs et une bande de terre noircie — tout ce que le mage avait laissé de l'infortuné cadet des aventuriers, et des chevaux. A quelques pas du sol, Elmara s'immobilisa, léchée par les flammes.

Les larmes qu'elle versa étaient sans rapport avec ses brûlures.

*
* *

La petite barque emportait un vieillard et une femme au nez aquilin.

— On se rend au temple, jeune dame ? (Un paquet serré contre sa poitrine, Elmara hocha la tête.) Faites attention. Peu de gens entreprennent la traversée ; plus rares encore sont ceux qui en reviennent. On retrouve régulièrement des tas d'os, ici et là, et de pauvres idiots, la bave aux lèvres, dont personne ne veut.

L'inconnue avait l'air indifférent. Elle haussa les épaules.

— Je n'ai pas le choix. Mais qui agit en toute liberté ?

Le rameur ne trouva rien à répondre à cette question. Dans les brumes se découpait la Danse de Mystra, l'île de la déesse.

Une fois à quai, l'homme indiqua à sa cliente où se situait le temple et promit de revenir la chercher. Hochant la tête, El lui paya son écot et s'éloigna dans le crépuscule.

Une fois qu'elle eut disparu, le passeur sourit *de toutes ses dents*... La chair de son visage coula comme de la cire, dévoilant des crocs.

— C'est fait, maître, souffla Garadic

Il savait qu'Ilhyndil épiait la scène depuis son lointain château.

*
* *

Le sifflement du vent dans les oreilles, Elmara plaça le grimoire d'Ondil sur l'autel de Mystra.

— Dame des Mystères, accepte mon offrande, je te prie.

A peine avait-elle prononcé ces mots qu'une main féminine désincarnée se matérialisa, saisit le tome et disparut avec lui dans un éclat aveuglant.

El fut désemparée. Que faire à présent ? Perdue dans ses pensées, elle aperçut quand même une intense lueur, derrière l'autel.

Elle émanait d'une grande silhouette, immobile dans l'air. Souriant, l'apparition lui fit signe de la suivre le long des collines, jusqu'à la mer, de l'autre côté de l'île. Puis la déesse marcha sur les flots, laissant dans son sillage une phosphorescence dorée.

El avança... et découvrit que ses bottes restaient sèches. En fait, elle marchait à son tour sur les flots ! Encouragée, elle courut vers le large pour tenter de rattraper la divinité.

Dans sa course, elle entendit une voix lui souffler à l'oreille :

— Tu m'as déçue.

L'apparition s'évanouit ; Elmara sombra dans les flots glacés et se débattit pour remonter à la surface.

Elle était seule, la nuit, en pleine mer...

*
* *

L'apparition se matérialisa devant l'archimage et lui

tendit le précieux grimoire ; puis, gémissante, la créature retourna au néant.

Du haut d'une des collines de l'île, Ilhundyl regardait les ruines de l'*authentique* temple de Mystra... Bientôt, il serait le Magister incontesté de Féérune.

Soudain, il sursauta : venue du temple détruit, une flamme bleue grandissait...

La gorge sèche, il vit apparaître devant lui une femme, deux fois plus grande que la normale, le regard direct.

Tenaillé par la peur, il marmonna un sort et se volatilisa.

*
* *

A l'aube, Elmara revint à elle, ballottée par le ressac. Dans sa mésaventure, elle n'avait pas perdu l'épée du Lion. Tant bien que mal, elle se releva. A perte de vue s'étendait un paysage de rocailles, d'arbres tordus et de broussailles.

Son regard tomba sur une inscription, dans le sable : « Athalantar ».

Bombant le torse, elle marcha vers le soleil levant.

*
* *

Dans son château, où les protections magiques luisaient jour et nuit, Ilhundyl s'installa pour lire. Une fois prises les précautions utiles, il ouvrit le grimoire d'Ondil, tourna la première page, et la suivante...

Et la suivante...

Le sourcil froncé, il contemplait des pages blanches. D'un mot, il tamisa les lumières de la pièce. Une des dalles coulissa, laissant filtrer un filament spectral, qui effleura le tome, l'enveloppa... et recula.

Visiblement déçu, il retourna sous terre.

Conclusion : il n'y avait aucun texte caché, aucun portail vers d'autres plans...

Le livre était vraiment vierge.

Une rage folle s'empara de Feu Follet, qui courut dans une autre pièce, et se campa devant une grande boule de cristal.

— Je la *détruirai !* fulmina-t-il. Noyée ou pas, je la ferai revenir pour lui broyer les os. Personne ne se joue d'Ilhundyl ! *Personne !*

D'un mot, il invoqua Garadic, avant de se concentrer pour faire apparaître Elmara dans la boule et lancer ses foudres contre elle.

Le visage qui prit forme dans les profondeurs du cristal le fit sursauter d'effroi.

— Salut, Ilhundyl. Je vois que tu as ajouté un nouvel ouvrage à ta bibliothèque...

— Les pages sont blanches, comme tu le sais ! cracha-t-il.

Le Magister sourit.

— Oui. Mais la jeune magicienne qui l'a remis à Mystra ignorait tout de son contenu. Elle a obéi à tes instructions. Une telle honnêteté et une telle confiance sont si rares de nos jours. Tu ne trouves pas ?

Feu Follet de Calishar lança un sort. A l'intérieur de la boule, le monde s'embrasa. Le Magister se contenta d'en sourire. Le sortilège fit éclater la boule.

— La colère, Ilhundyl, a entraîné plus d'un sorcier à sa perte, déclara le Magister.

Hurlant de rage, Ilhundyl récidiva.

Garadic n'eut même pas le temps de crier.

*
* *

165

Ce soir-là, *La Licorne*, un relais routier, accueillit une voyageuse fourbue qui se rendait à Athalantar. Elle avait marché toute la journée.

Elle s'installa dans un coin et entreprit de se restaurer avec la bénédiction de l'hôtelier. Le vin était capiteux, les rôtis excellents et les chansons des ménestrels constituaient un plaisir pour l'oreille.

Sa chandelle mouchée, Elmara se détendit dans l'ombre, écoutant d'une oreille distraite la ballade du dragon et des belles guerrières. Entendre mentionner le roi Uthgrael attira son attention. L'éloge d'un grand-père qu'elle n'avait jamais connu lui fit monter les larmes aux yeux.

Soudain, le ménestrel s'étrangla. Elmara se leva discrètement et se tourna vers la salle principale : pris de convulsions, l'artiste avait posé les mains sur sa gorge, le souffle coupé. Près de lui, attablés devant des écuelles et des brocs vides, de riches clients ricanaient. Elmara remarqua les bâtons glissés à leurs ceintures, à côté des dagues.

Des sorciers.

— Que faites-vous ? s'insurgea un des marchands attablés près de là.

L'agresseur du ménestrel lança :

— A Athalantar, nul ne doit mentionner ce monarque défunt.

— Nous ne sommes *pas* à Athalantar ! protesta un homme.

— Nous sommes des seigneurs mages. Bientôt, ces terres nous appartiendront aussi. Quelqu'un aurait-il la folie de s'opposer à nous ?

— Oui, lança Elmara, sans sortir de l'ombre.

Elle libéra le malheureux ménestrel.

Ceux qu'elle venait de défier sondèrent la pénombre d'où était sortie la voix féminine. Son sort lancé, El continua :

— Ceux qui disposent de pouvoirs magiques ne devraient jamais en profiter pour écraser autrui. N'en convenez-vous pas ?

Les six hommes bondirent, bousculant chaises et tables. Sourire aux lèvres, Elmara les regarda s'évertuer en vain.

Rien ne se produisit.

Calme, elle annonça à la ronde :

— J'aimerais affronter ces marauds en duel pour leur infliger la leçon qu'ils méritent. Mais cette auberge n'y survivrait pas, je le crains. Alors je leur ai temporairement ôté leurs pouvoirs, afin qu'ils ne nuisent plus à personne...

Elle murmura un dernier mot.

A la place de ses six adversaires, autant de pierres apparurent... et disparurent. Ignorant les hoquets de frayeur des clients, elle s'adressa au ménestrel qu'elle avait sauvé :

— Dis-moi, te reste-t-il assez de souffle pour me chanter la fin de la ballade du roi Uthgrael ?

Incertain, il hocha la tête.

— Avec plaisir, dame... ?

— Elmara Aumar... descendante d'Elthryn de Heldon.

L'homme ouvrit des yeux ronds.

— Ce village a été détruit il y a neuf ans ! Mais... où avez-vous envoyé les pierres ?

— Près de la Danse de Mystra, non loin de l'île. Quand l'enchantement se dissipera, ces hommes recouvreront leur véritable apparence. J'espère pour eux que ce sont de bons nageurs avec beaucoup de souffle, car le temps qu'ils remontent à la surface...

A ces mots, le silence se fit dans l'auberge. L'artiste tenta de briser le malaise en reprenant la ballade du Cerf... Mais sa voix était cassée et il dut s'arrêter.

— Pouvez-vous patienter jusqu'à demain, ma dame ?

— Naturellement.

— Puis-je vous offrir à manger ? Un modeste témoignage de ma gratitude...

— D'accord, si vous me laissez acheter de quoi nous rincer le gosier !

Arrivé au troisième prince évincé de la course au pouvoir, Elmara s'enquit :

— Reste-t-il des prétendants en vie ?

Son nouvel ami haussa les épaules.

— Belaur, bien sûr ; il se tient pour un roi, désormais. Je n'ai pas entendu parler des autres. Les seigneurs mages en prennent à leur aise : ils gouvernent ouvertement. Notre seule distraction est de les regarder se chamailler. Mais comme tout homme qui a son franc-parler, j'évite Athalantar... Ainsi agit tout ménestrel dont les subtiles ballades ne sont pas au goût des sorciers et de leurs laquais.

Songeur, il vida sa chope. Elmara le laissa parler sans l'interrompre.

— Athalantar ne reçoit plus de mages étrangers non plus. Immanquablement, les seigneurs en place les considèrent comme des rivaux, et dès lors, la bataille est inéluctable.

— Tout magicien avisé évite d'aller traîner ses guêtres là-bas.

— Naturellement. Vous avez l'air bizarre, ma dame. Où irez-vous demain ?

Le sourire qu'elle lui adressa n'avait rien de joyeux.

— A Athalantar. Bien sûr.

CHAPITRE XII

ASSEZ DE SORTILÈGES POUR MOURIR

Réfléchis à ceci, mage arrogant : le plus puissant des archimages est sans défense devant la mort. Certains deviennent des morts-vivants. Les autres, tôt ou tard, reposent à six pieds sous terre, comme le commun des mortels. Alors plutôt que de terrifier un fermier, souviens-toi : nous maîtrisons tous assez de sortilèges pour mourir.

Ithil Sprandorn, seigneur mage de Saskar
Dits à un sorcier prisonnier nommé Thorstel
Année du Bois Guettant

Sur le seuil d'*Amblarbre*, sa taverne, Phaernos Bauldyn regarder le soleil se coucher à l'horizon. Que la vie aurait été belle sans les sorciers qui s'arrogeaient tous les droits et traitaient les gens comme on ne traite pas les chiens !

Il soupira. Tant que ces matamores n'avaient pas la folie de s'en prendre aux elfes de Haute Forêt et à leurs dieux... Alors qu'il s'apprêtait à se retirer pour la nuit, il aperçut sur la route une voyageuse, grande et mince, trempée jusqu'aux os. Elle venait vers lui...

— On est tombé dans le fleuve, ma dame ?

— Non, j'ai dû le traverser à la nage.

L'homme hocha la tête.

— Te faut-il un gîte pour la nuit ?

— J'ai besoin de me réchauffer, mais j'ai peu d'argent. Es-tu le maître des lieux ?

— En effet. Pourquoi ?

Tout en parlant, il l'avait menée dans la salle de l'auberge, où étaient réunis fermiers et villageois.

— Je peux te payer en magie.

Dans un silence de mort, Phaernos répondit sèchement :

— On n'a que faire des magiciens, par ici. Ceux de ce pays servent uniquement leurs intérêts.

— Alors leur don devrait leur être arraché.

— Et comment ? ironisa un des fermiers.

— En les tuant. Je ne porte pas les sorciers dans mon cœur.

Après ça, personne ne chercha querelle à El. Phaernos la conduisit aux cuisines, où les servantes s'occupèrent d'elle. Ereintée, Elmara goûta un peu de tranquillité. Non loin de Narthil, elle avait commis l'erreur de se téléporter en préjugeant de ses forces. L'exercice l'avait vidée de ses forces.

Sommeillant au coin d'un feu, elle rêva de ses ennemis, métamorphosés en loups affamés...

Plus tard, l'aubergiste la réveilla en douceur.

— Les derniers buveurs sont partis ; tu es ma seule cliente pour la nuit. Dis-moi ton nom et ce que tu entendais par « me payer en magie ».

— Mon nom est Elmara. Je viens de loin. Sans être une magicienne accomplie, j'ai plus d'une corde à mon arc. Aimerais-tu disposer d'un grand cellier ?

— De grandes latrines me seraient plus utiles.

— Je peux faire les deux, si tu m'abrites pour la nuit.

— Entendu, ma belle. Là où tu dormiras, aucun sorcier ne te trouvera.

Elle lui lança un regard perçant.

— Que sais-tu de moi ?

— Rien... Mais un ami m'a demandé de veiller sur une certaine Elmara, si d'aventure elle venait par ici.

— Quel ami ?

— Son nom est Braer.

El sourit et se détendit.

— Montre-moi le cellier et les latrines, car je partirai sans doute tôt.

Aux petites heures de l'aube, Elmara se réveilla et trouva ses habits, sous un sac de vivres : de la saucisse, du poisson séché et du pain sec. Elle sortit sur la pointe des pieds et découvrit devant sa porte l'aubergiste, assoupi, une épée sur les genoux.

La gorge serrée par l'émotion, Elmara descendit l'escalier et sortit dans l'arrière-cour. Une fois sa tâche achevée, elle disparut dans le sous-bois.

Mieux valait ne pas traîner avant que s'ébruite l'arrivée d'une nouvelle sorcière... Cheminant à l'écart des routes, Elmara se dirigea vers Far Torel. D'après Phaernos, ces dix derniers jours, il y avait eu des mouvements de troupes dans la région. Les autochtones craignaient une nouvelle campagne contre les elfes.

Pour sa part, El en doutait. Les seigneurs mages mettraient plutôt le feu à la forêt... Elmara se demanda combien d'années elle devrait fuir en ourdissant sa vengeance. Le mieux était d'éliminer une poignée des mages les plus puissants, et de semer le doute dans le rang des autres en maquillant leurs trépas. Bientôt, les ambitieux seraient à couteaux tirés.

Séduire une première victime avant de l'anéantir ? Comment s'y prenait-on pour séduire quelqu'un ? Elle n'en avait pas la moindre idée. Un sort de change-forme risquait de mal tourner.

Prendre l'ennemi à revers alors... En dépit de son corps féminin plus léger, et à la démarche plus chaloupée que celle du véritable Elminster, El n'avait pas perdu la main.

Si Far Torel était un camp organisé, avec des patrouilles et des guetteurs, mieux valait surgir comme par hasard, plutôt que d'être surprise à rôder dans les parages.

*
* *

Crachant de dégoût, Othglar se leva pour délasser ses muscles. Ces sorciers étaient tous fous. Qui, à Athalantar, oserait attaquer quatre mille soldats ?

Des dizaines de bivouacs constellaient les plaines...

Alors qu'il se soulageait contre un arbre, on l'assomma avec son heaume.

S'assurant qu'il n'y avait personne à proximité, Elmara prépara un des charmes les plus dangereux de son répertoire. Cette armée était assez forte pour mener une guerre contre les elfes. Il fallait agir sans tarder.

Campée sur ses pieds nus, elle incanta, s'entailla les paumes avec une de ses dagues et laissa son sang goutter sur la lame qu'elle tenait en équilibre entre ses mains.

Son énergie vitale coula au rythme du sang. Comme en offrande à la lune, elle tendit sa dague à bout de bras.

L'acier s'effrita entre ses doigts.

Satisfaite, El se frotta les mains. Avant l'aube, toutes les pièces en métal du camp seraient transformées en poussière.

Ça donnerait à réfléchir aux seigneurs mages.

Si les méchants croyaient les elfes responsables, l'attaque pouvait être annulée.

Elmara chuchota une prière à sa déesse, pour que sa petite blessure se referme.

Puis, à pas de loup, elle rebroussa chemin, évitant patrouilles et gardes. Elle n'avait plus assez d'énergie pour lancer les quelques sortilèges qui lui restaient. Quant à gagner la forêt, c'était hors de question. Les elfes, sur la défensive, risquaient de l'abattre avant de l'identifier.

Mieux valait retourner près de l'étang où elle avait rencontré Braer, à l'ouest...

Combien de chemin Elmara parcourrait-elle avant de s'évanouir, recrue de fatigue ?

Une question intéressante...

*
* *

Trois jours plus tard, El avait bien progressé. Les troupes quittaient Far Torel. Les seigneurs mages avaient renoncé à leurs intentions belliqueuses.

Pour l'instant.

La constatation redonna du cœur au ventre à la jeune femme. Au nord de Heldon, elle remarqua plusieurs campements de guerriers.

Qu'à cela ne tienne, elle bifurquerait à l'ouest, vers Val Hantise, et gagnerait la Forêt Haute par ce biais.

Jamais Elmara n'avait pensé que la lutte contre les seigneurs mages impliquerait tant de marche à pied.

Un soir, une barrière brisée attira l'attention de la voyageuse, qui en approcha. Dans un champ, au centre d'un cercle de guerriers d'Athalantae, arbalètes pointées, se tenait une femme. Près de là, un fermier assistait à la scène, la rage au ventre.

A l'arrivée d'Elmara, il secoua la tête comme un lion agite sa crinière.

— N'approche pas, ma fille, l'avertit-il d'un ton

bourru. Ces chiens sanguinaires ont flairé le sang. Peu importe qui ils tuent. Seule les intéresse la curée. Ah ! si j'étais plus jeune, ça ne se passerait pas ainsi ! Le temps m'a tout volé ; il me reste ma langue pour tenter encore de faire mouche...

L'inconnue cernée par les soudards s'y connaissait en sorcellerie : les carreaux qu'on lui décochait rebondissaient sur des boucliers invisibles, ou étaient détruits par des boules de feu.

Mais elle accusait la fatigue... et les soldats, sentant la fin proche, redoublaient d'efforts.

Tapotant le bras du vieil homme, Elmara avança au moment où un carreau blessait la femme à l'épaule.

— Emparez-vous d'elle ! ordonna le chef.

La blessée dessina des arabesques dans les airs... Les premiers hommes à obéir s'effondrèrent, plongés dans un profond sommeil.

— Arrière ! rugit le chef. Abattez-la !

Epuisée, la sorcière les regarda armer une nouvelle fois leurs arbalètes. Plongeant à terre, Elmara lança un de ses sorts les plus puissants. A l'instant où le chef donnait l'ordre de tirer à ses hommes, il prit par magie la place de la condamnée, qui se rematérialisa à l'endroit exact où il se tenait une seconde plus tôt.

L'homme s'écroula, touché à mort, sous les regards interdits de ses soldats. L'instant suivant, leurs armures rougeoyèrent. Arrachant leurs plaques et leurs cuirasses, ils s'enfuirent.

Elmara revint vers le fermier.

— Ils ne devraient plus vous ennuyer, lâcha-t-elle froidement. Encore qu'ils ont piétiné vos plate-bandes par ma faute.

Elle fit apparaître une poignée de pierres précieuses qu'elle remit au vieil homme, puis elle l'embrassa.

— Tu sembles un brave vieillard. Tâche de rester en vie ; quand cette terre sera mienne, j'aurai besoin de tes services.

Abasourdi, Darrigo Tourtrompette regarda la jeune

femme repartir. Dans sa paume, les gemmes brillaient comme autant de larmes.

L'inconnue repartit comme elle était venue ; derrière elle, la sorcière évanouie lévitait, remorquée par une force invisible.

*
* *

L'heure avait sonné. Les préceptes de Mystra étaient stricts : jamais les prêtresses ne devaient invoquer leur déesse dans leur seul intérêt. Mais Elmara en sentait la nécessité...

Cachée dans une grotte surplombant les ruines de Heldon, elle pria. Elle était heureuse d'avoir sauvé la sorcière ; bientôt, celle-ci serait peut-être une alliée précieuse.

El admettait enfin qu'elle ne réussirait pas seule contre tous.

La rescapée ne reprenait pas connaissance. Le carreau qui l'avait touchée avait-il été enduit de poison ? Usant de magie, El l'avait fait disparaître, endigué l'hémorragie et recousu les lèvres de la plaie. A vrai dire, elle connaissait peu de charmes de guérison. Mystra était avant tout une guerrière. L'Art de soigner la concernait fort peu.

Elmara eut beau se concentrer, sa patiente ne montrait aucune amélioration, restant même d'une pâleur mortelle. El parvenait à user de ses pouvoirs magiques pour se soigner elle-même... Mais Mystra ne lui avait pas donné les moyens d'aider les autres grâce à ses nouvelles capacités thérapeutiques.

Trempée de sueur, la sorcière se mourait.

Si Elmara ne voulait pas se réveiller au matin à côté d'un cadavre, elle devait trouver un moyen. Résolue, elle prit la bourse de l'inconnue, qui contenait un peu d'argent, et sortit solliciter le secours des prêtres de

Chauntea, la Mère des Fermes et des Champs, au sud de Heldon.

En traversant les ruines, El s'arrêta soudain ; devant elle brûlaient des torches.

Sa lassitude oubliée, elle reprit sa route à pas de loup. Que protégeait cette palissade ? Derrière une saillie rocheuse qu'elle avait souvent escaladée enfant, elle lança un sort qui la rendit quasi invisible et « inaudible ». Elle pouvait faire tout le bruit qu'elle voudrait, personne ne l'entendrait.

Derrière la palissade, elle découvrit une pléthore d'hommes en armes, gardant des baraquements. Partout se dressaient des piles de rondins. *Une* boule de feu suffirait à tout embraser. Ces sombres idiots ne pensaient-ils donc à rien ?

Mais pour l'heure..., qui disait soldats disait prêtres de Tempus, de Heaume, de Tyr, de Tyché... ou des quatre.

Contournant les casernes et les entrepôts de fortune, elle trouva l'autel : une épée plantée, près d'un carré en bois. Où était le prêtre ? Non loin de là ronflait un homme crasseux puant la bière. Si c'était lui, songea El avec dégoût, jamais son plan ne marcherait. Il ne lui resterait qu'à filer vers le temple de Chauntea en quatrième vitesse.

Au centre du camp se dressait un splendide bâtiment, sans doute réservé aux seigneurs mages locaux. Des rires et des éclats de voix en sortaient. Déçus de ne pas être de la fête, les gardes faisaient grise mine. Quand l'un abandonna son poste pour aller plaisanter avec son voisin, une ombre se faufila aussitôt dans la salle où on menait grand train.

Des globes lumineux rivalisaient d'éclat avec les chandelles. Plusieurs seigneurs aux riches atours festoyaient avec des dames vêtues de... pierres précieuses. Tous avaient le verbe haut et ne tarissaient pas de vantardises sur leurs projets à court et à long terme.

Pour El, la salle entière était nimbée du bleu caractéristique de la magie. Une des chambres, à l'arrière, jetait un éclat plus vif encore. Ne tenant pas à prendre plus de risques que le strict nécessaire, El courut vers ce « phare ».

La pièce scintillait d'un bleu royal, tant les protections y abondaient. Un immense lit à baldaquin occupait l'essentiel de l'espace.

Où le seigneur des lieux cachait-il ses trésors ? Dessous, bien sûr...

Effectivement, El y trouva trois coffrets. Le premier devait contenir des bijoux, les autres, diverses potions de guérison. Un seigneur mage, quand il y recourait pour soigner ses hommes, s'assurait ainsi leur gratitude et leur fidélité. Ou il pouvait exercer sur eux un chantage...

Sans ces breuvages, il était lui-même à la merci des prêtres, ou de bandits de son acabit...

Otant de sa chevelure les rossignols dont elle ne se séparait jamais, El eut tôt fait de crocheter le coffret le plus prometteur. De la pointe de sa dague, elle l'entrouvrit.

Des pièces d'or.

Bah !

Au moment où elle s'attaquait au deuxième, un homme et une femme — quelque drôlesse louée pour la nuit — entrèrent, remirent le battant en place et se laissèrent tomber sur le lit avec force éclats de rire. Tandis que le couple rebondissait à plaisir sur le matelas et prenait du bon temps, El persévéra et découvrit cette fois, sous une robe azur, une série de tubes cachetés à la cire, soigneusement étiquetés. L'un donnait le pouvoir de voler ; les autres étaient thérapeutiques.

Gagné !

Avec un sourire de triomphe, elle glissa ses trouvailles dans ses bottes, remit tout en place et réfléchit au meilleur moyen de repartir sans risques.

Ce n'était pas gagné d'avance. Lancer un sort en présence d'un seigneur mage, même occupé à s'ébattre, était hors de question.

A cet instant, le sorcier congédia la fille — momentanément. La porte s'ouvrit et se referma. Que faire ? Tandis qu'El recensait les sorts à sa disposition, l'homme s'agenouilla et passa la tête sous le lit, à la recherche de ses trésors.

Effaré, il regarda Elmara, les yeux ronds.

— Salut, ronronna-t-elle, l'attrapant par les oreilles pour l'embrasser à l'instant où elle achevait son sortilège.

De ses lèvres entrouvertes jaillirent des flammes. L'homme se débattit en vain ; quand elle le lâcha, il s'écroula, mort. De sa bouche et de ses oreilles sortait de la fumée. Sans perdre un instant, elle le traîna sous le lit pour lui enfoncer la tête dans le plus grand des coffrets.

Elmara s'empara du grimoire du défunt, trouva ce qu'elle cherchait et pria la Dame des Mystères.

En un éclair, elle disparut... et se rematérialisa dans la grotte, grimoire en main.

— Merci, Mystra.

*
* *

Tout à la préparation de sa soupe de tortue, Elmara entendit à peine sa patiente demander :

— Qui... êtes-vous ?

Pour la première fois, la sorcière revenait à elle, fixant sur El de grands yeux voilés. Même avec les potions de guérison, elle avait longtemps oscillé entre la vie et la mort.

— Elmara d'Athalantar. Je... vénère Mystra. Et je me suis donné pour tâche d'abattre les sorciers de cette contrée. Je ne m'arrêterai qu'avec leur déroute, ou la mienne.

L'inconnue poussa un long soupir.

— Où sommes-nous ?

— Dans une grotte, au nord d'Athalantar. Ce, depuis une dizaine de jours. Que s'est-il passé, dans le Val Hantise ?

— J'arrivais dans la région, et, par malchance, je suis tombée sur une patrouille. Apparemment, la soldatesque a reçu ordre de tuer tout sorcier étranger. La fatigue m'a rendue imprudente. Ils ont eu beau jeu de me cerner. Sans vous... Merci. Je suis Myrjala Talithyn, d'Elvedarr. On m'appelle « Œil Noir ».

— Un peu de soupe ?

— Oui. Dans mes rêves, je vagabondais... et j'ai vu beaucoup de choses.

— Que veniez-vous faire à Athalantar ?

— Je voulais rendre visite aux elfes de la Descente de la Licorne. Où suis-je maintenant ?

— Près des ruines de Heldon.

— Je vous dois la vie. Que puis-je vous offrir en retour ?

Prise d'exaltation, Elmara découvrit que ses mains tremblaient. Elle bafouilla :

— Aidez-moi ! Enseignez-moi votre Art ! Je connais quelques sortilèges, mais je suis une prêtresse, pas une magicienne. J'ai besoin de maîtriser la sorcellerie si je veux un jour détruire les seigneurs mages en retournant leurs armes contre eux.

Myrjala fronça les sourcils.

— Quelle est la somme de vos connaissances ?

Elmara haussa les épaules.

— J'ai appris à mettre mes ennemis hors d'état de nuire, à retourner leur haine contre eux... Je peux lancer le feu, me téléporter d'un endroit à un autre, me transformer en ombre, maîtriser l'acier. Mais contre un adversaire déterminé, je n'ai aucune stratégie, aucun plan d'attaque...

— Vous en savez déjà beaucoup. La plupart de nos confrères n'ont pas conscience de leurs carences. Et si quelqu'un a le front de le leur faire remarquer, ils s'empressent de le foudroyer au lieu de le remercier. (Elle finit sa soupe, songeuse.) Entendu, je vous enseignerai mon Art. Il le faut. Féérune pullule de sorciers irresponsables et foncièrement égoïstes. Quand vous me ferez confiance, peut-être me confierez-vous les raisons de votre haine.

— Ah. Je...

Myrjala leva une main.

— Plus tard. Quand l'heure sera propice aux confidences... Et que vous aurez appris à assaisonner vos soupes. Ça manque singulièrement de sel !

Pour la première fois, les deux femmes éclatèrent de rire.

CHAPITRE XIII

PAS DE PLUS GRAND IMBÉCILE AU MONDE

> *Sache ceci, petit sorcier : il n'existe pas de plus grand imbécile au monde qu'un thaumaturge. Plus il est puissant, plus il est idiot. Pourquoi ? Parce que les magiciens que nous sommes vivent dans leurs rêves, et poursuivent des chimères... Ainsi, nous faisons notre propre malheur.*

> Khelben « Blackstaff » Arunsun
> *A l'intention des Apprentis sorciers*
> Année de l'Epée et des Etoiles

Deux langues de feu jaillirent du néant, illuminant la grotte. Face à Myrjala, Elmara était en sueur.

Les deux boules vibrantes *se touchèrent*.

— Maintenant ! chuchota El, joignant ses mains tremblantes.

Les flammes éclatèrent en tous sens ; la grotte trembla sous le choc de l'explosion, qui projeta Elmara dans les airs et la plaqua contre...

Le vide. La furie des éléments retomba.

El flottait dans les airs.

— Myrjala ? Maîtresse ?

— Tout va bien.

Elle découvrit que la sorcière planait près d'elle. Son corps nu était aussi couvert de poussière et de sueur que le sien.

Myrjala lui toucha le bras ; les deux femmes regagnèrent le sol.

— Tu as suivi mes instructions à la perfection, El. Souvent, même après de nombreuses années d'études, les apprentis n'y arrivent pas.

— Etant prêtresse, j'ai déjà une certaine expérience.

— Comme toute aventurière qui se respecte, j'imagine. Tu t'es fixé un but et tu t'y tiens. (Elle se pencha, ramassa sa robe et s'essuya le front avec.) Une obéissance sincère s'apprend à force d'années de patience et d'entêtement, et inutile d'espérer une quelconque reconnaissance pour ses efforts. La plupart des apprentis sont à la merci de petits tyrans, d'autant plus imbus d'eux-mêmes qu'ils n'ont aucun réel pouvoir.

— As-tu vécu ce genre d'expérience ? taquina El.

Son amie leva les yeux au plafond.

— Plus d'une fois ! Mais ne détourne pas la conversation, veux-tu ? Tu te défends déjà très bien, avec quelques sorts du niveau d'un archimage. Néanmoins, il te reste des progrès à faire. Celui qui maîtrise *vraiment* son Art *ressent* tout ; les énergies qui l'entourent deviennent presque des entités vivantes. Ainsi, il peut les utiliser de façon originale, ou modifier les enchantements d'autrui. Je sais quand un élève a atteint ce stade, des plus prometteurs... Pour l'instant, tu en es là sur moins de la moitié de ton répertoire.

Elmara hocha la tête.

— Entendre parler de la magie en ces termes est inhabituel pour moi... Mais je comprends. Continue.

— Quand tu pries Mystra de t'accorder les forces nécessaires, il s'agit de puissance à l'état brut. A l'adorateur de maîtriser ensuite la stratégie à employer.

— Comment acquérir cette maîtrise ?

— Comme toujours : par la pratique.

— Jusqu'à n'en plus pouvoir...

— Tu as tout compris ! Maintenant, voyons comment tu peux invoquer des éclairs afin qu'ils frappent les globes que je vais invoquer... Le vert signifie l'échec. S'ils virent à l'ambre, tu auras fait mouche.

Elmara grommela :

— Ne pourrait-on se reposer d'abord ?

— Une fois mort, on se repose tout son content...

*
* *

— Pourquoi sommes-nous ici ? s'enquit Elmara, cherchant à sonder la pénombre.

— Pour apprendre...

— Quoi, au juste ?

El distinguait des inscriptions incompréhensibles et d'étranges coffres de pierre hérissés de cornes.

Quoi qu'il en soit, El reconnaissait une tombe quand elle en voyait une.

— Pour apprendre quand il ne faut *pas* chercher à détruire, précisa Myrjala, avant de disparaître.

Au même instant, les inscriptions luisirent d'un éclat émeraude... qui se sépara de la pierre pour former une sorte d'ectoplasme.

El prépara son sort de destruction le plus puissant.

Et attendit.

L'apparition était un homme grand et mince, doté d'un port royal et d'yeux verts flamboyants. Sa voix résonna dans le crâne de la jeune femme :

— Pourquoi viens-tu perturber mon repos éternel ?

— Pour apprendre.

— Les étudiants préparent rarement des sorts de

destruction aussi puissants que le tien. C'est plutôt dans le style des voleurs...

Des colonnes lumineuses jaillirent du sol ; des ossements dansaient à l'intérieur.

Il y avait une dizaine de crânes.

— Ce sont les restes des voleurs ?

— En effet, répondit le spectre. Le seul « trésor » qu'ils ont trouvé dans cette crypte... c'est moi. A leur grand dam. Alors ?

— J'ai volé, c'est vrai. Mais ce sont des leçons que je suis venue chercher. Rien d'autre.

— Je te laisserai tes souvenirs, en ce cas.

— Comment ça ? Tu peux effacer ma mémoire ?

— Bien sûr. J'ai appris mon Art à Thyndlamdrivar... Les sorciers d'aujourd'hui se contentent de voler les sorts des autres ! Ou ils abusent de leurs tuteurs, à l'instar des garnements qui dérobent des pommes dans les vergers.

— Qui es-tu ? murmura El, sans quitter des yeux les crânes.

— On m'appelle Ander. Avant, j'étais un archimage de Netheril. Mais les villes que j'ai connues ont disparu, victimes des griffes du temps. J'espère que tu en tireras la leçon, bébé sorcière.

— Qu'es-tu devenu ?

— Grâce à mon Art, j'ai trompé la mort. Aujourd'hui, à ce que je crois savoir, les sorciers sont tout juste bons à préserver leurs carcasses de la putréfaction... Jusqu'à ce que le temps les rattrape. On les appelle des « liches », je crois ?

— Oui.

— De mon temps, maîtres de nos corps, nous pouvions passer d'un état à un autre, tout naturellement. Avec de la pratique, on pouvait même transformer sa propre main en pierre sans affecter le reste de son corps.

— Ce savoir peut-il être transmis ?

Le regard inhumain pétilla d'amusement.

— Oui, si on est prêt à renoncer à la vie.

— Pourquoi vouloir aller *au-delà* de la mort ?

— Pour vivre à jamais. Ou pour accomplir une vengeance, ou...

— Tu connais mon histoire ?

— Grâce à notre proximité, je peux lire dans tes pensées.

Alertée, El recula.

Le spectre soupira.

— Allons, allons, garde tes sorts, *petite*. Je ne te veux aucun mal.

— Te *nourris-tu* des pensées et des souvenirs ?

— Non, les forces vitales me suffisent...

Quelque chose frôla l'épaule de la magicienne. Elle fit volte-face et hurla.

Son hôte soupira de plus belle.

— Pas celles des êtres intelligents, imbécile ! Me crois-tu amoral simplement parce que tu vois flotter des os ? Qu'y-t-il de maléfique dans la mort ? Elle est notre lot à tous. Elle fait partie de la vie. L'ignores-tu ?

— Alors de quelles forces vitales parles-tu ?

— De l'autre côté de ce mur, je garde captive une créature appelée un profondérateur. Elle donne naissance aux créatures qu'elle dévore... En l'occurrence, une pléthore de striges.

— Où est l'accès de cette chambre des horreurs ?

— L'accès ? Que m'importe, désormais ? Les murs ne sont plus un problème pour moi.

— Pourquoi me dévoiler tout ça ?

— Ah ! Ainsi parle un être vivant, apeuré et défiant, qui amasse les connaissances comme autant de pierres précieuses pour empêcher les autres d'y accéder... Pourquoi me tairais-je ? Tu es intéressée par mes histoires, et je suis seul... Tandis que nous bavardons, je lis dans ton esprit comme dans un livre ouvert.

— Tu sais tout de moi ?

— Oui. Tes secrets comme tes phobies. Mais n'aie crainte, je ne les crierai pas sur les toits, ni ne t'attaquerai. Aussi improbable que ça paraisse, je constate que tu n'es pas venue voler, en effet, ni me détruire.

— Alors quelles sont tes intentions à mon égard ?

— Te laisser repartir. Avec la promesse que tu reviendras bavarder avec moi dans trois ans. Tu auras fait de nouvelles expériences, quelque chose dont je suis friand.

— Je... tâcherai de revenir.

Maintenant qu'elle avait maîtrisé sa peur, Elmara n'était pas sûre d'être encore en vie dans trois ans.

Ou de ne pas être sous la coupe de quelque seigneur mage.

— Un mortel ne peut pas s'engager davantage, admit Ander. Prends ceci, toi qui étais venue en toute bonne foi.

Sous le nez d'Elmara surgit un cône de lumière, nimbant un livre ouvert. Les runes qui noircissaient les pages parurent *grouiller* sous les yeux d'El, et se réunir pour former des signes intelligibles.

Le sort changeait définitivement le sexe de celui ou de celle qui le lançait.

El déglutit. Elle s'était presque habituée à son nouveau sexe, mais... La page se sépara du livre, lui arrachant un cri.

— Prends ce sort, jeune femme. A quoi me servirait-il maintenant ? Je peux choisir n'importe quelle apparence !

El toucha la page flottante... et tout disparut : l'éclat émeraude, le spectre et les ossements.

La surprise passée, elle enroula la feuille et la fourra dans sa ceinture. Une voix familière, sous son crâne, la fit sursauter :

— *Souviens-toi de moi et reviens ! Je t'aime bien, homme-femme.*

— Moi aussi, Ander. Je reviendrai. C'est promis.

Puis El gagna le recoin où avait disparu son mentor.

— Myrjala ?

Des gerbes de lumière jaillirent, l'enveloppèrent et...

La crypte redevint ce qu'elle avait été : noire et silencieuse.

*
* *

A l'ouest de Val Hantise, Elmara se tenait sur une colline désolée.

— C'est très important pour toi, Myrjala.

— Et ça l'est encore davantage pour toi, El. C'est la plus ardue de tes épreuves. Si tu réussis, tu auras fait œuvre utile, plus que bien des sorciers en toute une vie. Attention : une année te sera nécessaire, et cela te videra de ton énergie.

— En quoi consiste mon épreuve ?

Myrjala désigna le gouffre qu'elles surplombaient.

— Rends cet endroit sinistre à la vie. Depuis cette source jusqu'au fleuve Darthil où elle se jette, à un demi-jour de marche environ, que cette bande de terre refleurisse.

— La ramener à la vie par enchantement ?

Sa compagne hocha la tête.

— Par où commencer ?

— Tirer parti de ses erreurs, voilà l'essentiel de l'épreuve. Dans un an, nous nous retrouverons ici.

Myrjala disparut.

El referma la bouche sur des protestations et des interrogations inutiles.

Puis elle étudia le ravin, une vivante image de la désolation.

*
* *

Les griffes du dragon approchaient d'Elmara, impavide. Une seconde avant de toucher la peau nue, elles se volatilisèrent. Le vent dispersa les brumes magiques...

... Et, en cette année des Dragons Disparaissant, El se retrouva face à Myrjala.

— Pourquoi ne t'es-tu pas débattue ? s'enquit celle-ci, les sourcils froncés. Quelle surprise cachais-tu dans ta manche ?

— J'ignorais comment riposter sans risquer de te blesser, admit El. Je ne tenais pas à perdre... mon amie.

Hochant la tête, la sorcière agita une main... Toutes deux se rematérialisèrent au pied d'une colline, dans le campement. Au fil de leur association, El en était venue à mesurer l'étendue des pouvoirs de son mentor, et la renommée d'« Œil Noir » dans Féérune.

Il y avait une certaine tristesse dans le regard de Myrjala.

— Ce que tu as fait pour ramener cette région à la vie force l'admiration, commença-t-elle. Durant mon apprentissage, je n'étais pas arrivée à de si bons résultats. L'élève a surpassé le maître... Le temps est venu pour toi de te lancer à la conquête du monde et de mettre en pratique ce que tu as appris. Tu ne dois pas rester toute ta vie dans l'ombre d'un mentor. (Elle leva des yeux mouillés de larmes vers Elmara.) Sinon, nous passerons notre vie dans les jupes l'une de l'autre, et nous nous affaiblirons au lieu de progresser... Par définition, un magicien est seul au monde. En conviens-tu ?

Elmara soupira.

— Alors, ce sont des adieux. Je dois continuer seule...

— Tu n'es pas prête. Tu dois fourbir tes armes, encore et toujours. Quand tu te sentiras au point, fais-moi signe. Je t'aiderai de mon mieux. Nous séparer est impératif, afin que tu évolues *vraiment*.

Après un long silence, El hocha la tête.

— Je voudrais te dévoiler un secret. Puisque séparation il y a, il est juste que tu saches la vérité sur moi.

Se levant, elle délaça sa robe et, nue devant les flammes, murmura le sort d'Ander qu'elle avait mémorisé... Son corps se transforma.

Devant l'homme nu qui se dressait devant elle, Myrjala ouvrit des yeux ronds.

— C'est ce que je suis vraiment, expliqua El. Elminster, fils d'Elthryn et prince d'Athalantar.

— Pourquoi avoir pris l'apparence d'une femme ?

— Mystra m'a métamorphosé pour me préserver de mes ennemis... et, j'imagine, pour m'obliger à appréhender le monde avec une autre sensibilité. Tu m'a connue femme. En te détrompant prématurément, je risquais de remettre en question notre relation.

— C'est vrai. J'en suis venue à t'aimer. Mais... voilà qui change beaucoup de choses.

— Moi aussi, je t'aime, admit Elminster. C'est pourquoi j'ai jugé préférable de rester femme. Je ne voulais pas risquer notre affection en jouant avec le feu.

Myrjala l'étreignit.

— Elminster... ou Elmara... ou qui tu voudras ! Partageons un dernier repas. Rien ne changera le travail que nous avons abattu toutes les deux.

La nuit tombée, Myrjala se tourna vers El, allongé de l'autre côté du feu mourant.

— Où iras-tu ?

Il haussa les épaules.

— Je l'ignore. Peut-être à l'ouest, vers le Calishar.

— Le Calishar ? Prends garde ! C'est le territoire d'Ilhundyl, le Feu Follet.

— Je sais. J'ai des comptes à régler. Je ne peux pas toujours *tout* remettre au lendemain !

— Plus d'un homme vit ainsi...

— Les *autres* ne sont pas dans ma peau. Tu me manqueras, belle dame... Prends garde à toi.

— Porte-toi bien aussi, Elminster.

Fondant en larmes, ils se jetèrent dans les bras l'un de l'autre.

Au matin, quand ils partirent chacun de leur côté, leurs pleurs n'avaient pas séché.

*
* *

Pour varier les plaisirs, Ilhundyl lâcha ses lions dans le labyrinthe qu'il réservait aux intrus. Les fauves furent pétrifiés par le nouveau venu, qui ignora les murs en trompe-l'œil et les pièges, pour gagner d'un pas sûr l'accès dérobé, près du grand portail.

Lèvres pincées à ce spectacle, qu'il observait par sorcellerie, Ilhundyl recourut aux grands moyens. Les statues de pierre s'animèrent. De leurs paumes jaillirent des éclairs. L'inconnu les traita par le mépris.

Ilhundyl jeta ses golems dans la bataille. L'intrus riposta par une incantation qui fit surgir des murs d'acier contre les colosses.

L'archimage invoqua ses archers au moment où son adversaire recourait à des forces invisibles pour abattre les monstres.

Par l'enfer ! Qui était donc cet impudent ? Déjà, il était très près de forcer l'entrée du château. Que fichaient les archers ? Enfin, les flèches volèrent ; sous le regard du maître des lieux, l'homme s'écroula, transpercé comme une pelote d'épingles.

Mais il se releva ! Une autre flèche le cueillit au visage... sans l'arrêter. A chaque nouveau coup, il réapparaissait ailleurs... indemne.

Quand Ilhundyl comprit ce qui se passait, il était trop tard : tous ses archers, transportés les uns après les autres à la place de leur cible, étaient morts.

L'ennemi avait eu recours à un sort de double téléportation !

190

Ilhundyl ne le maîtrisait pas encore ! Ce jeune mage devait être capturé vif — ou détruit de façon à épargner son grimoire.

Ilhundyl traversa la salle aux miroirs. A la vue du fou qui osait le défier sur son territoire, il lâcha une série de mots de pouvoir, faisant trembler le château sur ses fondations. Des épieux jaillirent du sol pour empaler l'homme à l'instant où des pans de plafond s'abattaient pour l'écraser comme un moustique. Des panneaux muraux coulissèrent, dévoilant trois spectateurs putréfiés et six serpents verts ailés qui volèrent à la recherche de leur proie.

Les spectateurs morts-vivants ne trouvèrent aucune cible vers qui darder leurs rayons ; les serpents rampaient en tous sens.

Le silence retomba. Peut-être l'intrus était-il éliminé ? D'un autre mot magique, Feu Follet fit léviter les blocs tombés du plafond pour s'en assurer.

Soudain, ils adoptèrent une formation indépendante de sa volonté. Horrifié, l'archimage vit les spectateurs, les serpents et les gravats tourbillonner de plus en plus vite.

Pour la première fois depuis des années, il connut la peur. Gagnant en puissance, le maelström fracassa toutes les sculptures de la salle aux miroirs... De nouvelles incantations aux lèvres, Ilhundyl prit ses jambes à son cou. En un battement de cils, il se multiplia — des dizaines d'Ilhundyl s'égayèrent en tous sens sans échapper à la rage du tourbillon.

Un autre double, matérialisé sur un balcon, jeta un cristal au cœur de la tourmente.

— Montre-toi ! ordonna Ilhundyl.

Son adversaire au nez aquilin apparut... *à côté de lui*, à l'intérieur de son champ de force !

Affolé, Ilhundyl recula d'un bond. Comment frapper sans danger à si peu de distance ?

— Pourquoi es-tu là ?

L'intrus soutint son regard.

— Tu m'as trompé, en m'envoyant à ma perte. Tu croyais te débarrasser de moi. A l'instar des mages d'Athalantar, tu règnes par la peur, usant de ton Art pour tuer ou estropier. Ou transformer tes victimes en bêtes féroces.

— Et après ? Que veux-tu ?

— On pose ce genre de question *avant* d'attaquer, quand on est honorable, répliqua Elminster. Ce que je veux ? Ta perte, naturellement. J'entends abattre tous ceux qui agissent comme toi.

— Alors il faudra que tu vives *longtemps*. Or, je me fais fort de mettre un terme à tes ambitions... et à ton existence !

D'un geste, il frappa Elminster avec un faisceau d'énergie dont le catalyseur était un bouclier placé à l'autre bout de la galerie. Le trait d'énergie toucha El à l'instant où son ennemi resserrait ses propres protections.

A trois pas à peine de lui, Ilhundyl était assuré de lui porter le coup de grâce. Il pointa sur sa cible son rayon...

... Qui revint vers *lui !*

Hurlant d'effroi et de douleur, Ilhundyl chercha en vain à lui échapper.

Elminster fit s'écrouler le balcon. A quelques pouces du sol, l'archimage réussit à transformer une chute mortelle en agréable descente. Le balcon se posa comme une plume. Des deux adversaires, aucun ne remarqua une paire d'yeux, non loin de là, qui observait le duel.

Ilhundyl revint à la charge, invoquant une main de pierre géante. Le prince fut soulevé de terre, pris entre un pouce et un index gigantesques. Alors qu'il allait être écrasé contre un mur, Elminster fit disparaître cet obstacle. Avec un bruit lugubre, le plafond s'écroula sur la salle transformée en arène. Bafouillant un nouveau sortilège, Ilhundyl courut vers la sortie la plus proche.

Hors du château, Elminster reprit son souffle. Mais une vive douleur lui déchira la poitrine.

On eût dit des flammes s'attaquant à sa chair ! Plié en deux par la souffrance, El chercha à se protéger le visage. La lame invisible trancha le bout d'un de ses doigts.

Le sang rendit visible le fil de l'épée. Alors Ilhundyl s'attaqua aux poignets de son ennemi.

— Un homme sans mains ne peut plus lancer de sorts ! grinça-t-il.

Elminster souffla une incantation sans cesser d'esquiver...

La lame se brisa.

Terrassé de douleur, le prince resta sans force sur le sol.

Quand Ilhundyl cessa de trembler, il reforma son bouclier de protection et, un sourire cruel aux lèvres, s'apprêta à porter le coup de grâce.

Lançant le sort le plus puissant et le plus complexe de son répertoire, Feu Follet se pencha pour toucher l'oreille d'Elminster.

S'il parvenait à lui arracher l'âme du corps, il y gagnerait toutes ses connaissances. Violant l'esprit à sa merci, Ilhundyl chercha à écraser la volonté du prince... et fut repoussé.

De justesse, il maintint le contact. Soudain, il fut aspiré vers les profondeurs mentales de son ennemi ; une lame incandescente attaqua son âme.

Hurlant à pleine gorge, Ilhundyl rompit le lien. A travers un voile de souffrance, il s'éloigna à quatre pattes.

Quand il reprit des forces, l'archimage vit le sorcier tâtonner à la recherche d'un anneau, qu'il avait dû lui arracher en lui tranchant le bout d'un doigt.

Ilhundyl cracha le sortilège qui devrait le débarrasser une fois pour toutes de l'importun ; il s'écarta pour le regarder mourir.

Une vingtaine de griffes surgirent du néant... et lacérèrent El.

Feu Follet savoura cette mise à mort sanguinolente... avant que ses mâchoires se décrochent de stupéfaction.

Les griffes se volatilisèrent !

— *Mais que se passe-t-il donc ?* fulmina-t-il, prenant les dieux à témoins.

— Ton heure est venue, dit une voix grave derrière lui.

Devant ses yeux effarés apparut une femme au regard sombre. Grande et mince, elle était vêtue de vert sombre. Dans ses prunelles, Ilhundyl lut sa mort.

Il bafouillait une nouvelle incantation quand, des doigts racés braqués sur lui, jaillit un dard incandescent comme il n'en avait jamais vu.

Une seconde avant que la fournaise s'abatte sur lui, Ilhundyl emporta dans l'au-delà l'image du beau visage de l'inconnue.

L'instant suivant, le ciel disparut, noyé dans un océan de flammes.

Elminster avait assisté à la fin spectaculaire de l'archimage.

— Quel genre de... sort était-ce ? croassa-t-il.

— Pas un sort : le magefeu, expliqua Myrjala. Maintenant lève-toi, idiot, avant que les rivaux d'Ilhundyl se précipitent pour la curée. Ne traînons pas.

Avec le même magefeu, elle allait anéantir le château.

Crachant du sang, Elminster se remit debout.

— Mais sa magie ! Tout est perdu, mainten...

Myrjala fit volte-face et lui tendit un vieux grimoire.

— L'essentiel est là. Filons !

Ereinté, il hocha la tête. Myrjala lui effleura la joue...

... Et ils furent transportés ailleurs...

... Dans une grotte aux parois rendues phosphorescentes par des champignons multicolores.

— Où... sommes-nous ? souffla le vainqueur du duel.

— Dans un de mes refuges. Autrefois, il faisait partie d'une cité elfique. Nous sommes dans les profondeurs de Nimbral, une île de la Grande Mer.

Elminster leva un regard soupçonneux vers son amie.

— Tu le connaissais ?

— Je connais beaucoup de mages, Elminster. Je ne suis pas née de la dernière pluie, tu sais... Et je n'ai pas vécu si longtemps en défiant les archimages au mépris de toute prudence.

— Tu refuses encore que je retourne à Athalantar.

Myrjala secoua la tête.

— Ton Art manque de subtilité ; il reste brutal et prévisible. Contre des adversaires doués, tu ne peux qu'échouer.

— Enseigne-moi la sagesse, en ce cas, la pria Elminster.

— Nous devions nous séparer... Tu te souviens ?

— Tu m'observais, lui rappela-t-il, désespéré. Tu m'as suivi... Pourquoi ?

Des larmes brillèrent dans ses yeux.

— Parce que... je t'aime, chuchota-t-elle.

— Reste près de moi, en ce cas.

Il lâcha le grimoire sans y prendre garde. Rassemblant ses dernières forces, il passa un bras autour des épaules de sa compagne.

— Apprends-moi, insista-t-il.

Hésitante, elle tourna vers lui un regard qui parut le sonder jusqu'à l'âme, puis elle acquiesça.

Quand leurs lèvres se joignirent, les iris d'Elminster étincelèrent.

*
* *

Sur les terres arides de l'est, Elminster se tenait au sommet d'une falaise surplombant un fortin de rois sorciers. Avant de l'atteindre, Myrjala et lui avaient remonté, dix jours durant, une piste jonchée de cadavres d'esclaves.

Enfin, leurs bourreaux étaient en vue. Grâce à un sort d'amplification visuelle, Elminster voyait le fouet s'abattre sans relâche sur les malheureux qu'on écorchait vifs. Certains avaient déjà succombé sans que le supplice cesse.

Elminster lança un sort de son cru. Une toile d'énergies vibrantes fondit sur les sorciers. Avec satisfaction, El vit le fortin s'effondrer sur ses sinistres occupants.

Quand des sorciers émergèrent d'une fenêtre pour fuir par la voie des airs, il les foudroya sans pitié. Telles des poupées de chiffons, leurs carcasses désarticulées tombèrent sur les décombres.

Lorsque la poussière se dissipa, Elminster rejoignit sa compagne.

— Etait-ce le plus sage à faire ? demanda-t-elle.

La colère fit briller les yeux du prince.

— Oui. Du moins si les prochains réfléchissent à deux fois avant de torturer des hommes.

— Ça n'empêchera pas les plus cruels et les plus déterminés de recommencer... dix fois, cent fois... Les extermineras-tu ?

Elminster haussa les épaules.

— Au besoin, oui. Qui m'arrêtera ?

— Ta propre conscience. Ces ruines ne te rappellent-elles rien... ? Heldon ?

Elminster ouvrit la bouche pour protester... et la referma, sans mot dire.

Sa bien-aimée s'éloigna.

Soudain honteux, il contempla son œuvre destructrice.

Il ne connaissait aucune magie au monde capable de réparer le mal.

Une nuit, Elminster se réveilla en sueur. Assis sur sa couche, il regarda la lune les yeux écarquillés. Inquiète, Myrjala se dressa à son tour.

— Tu as crié, chuchota-t-elle.

Elminster se blottit contre elle.

— J'ai visité Athalantar... Je marchais dans les rues de Hastarl ; où que mes regards se portent, je voyais des sorciers ricaner. Quand je les regardais, ils s'écroulaient morts..., le visage déformé par la terreur.

— On dirait que tu es prêt, cette fois...

— Et si je survis ? Jusqu'ici, mon serment m'a empêché de vivre une vie normale... Que ferais-je une fois libre ?

— C'est évident : tu gouverneras Athalantar.

— A présent que l'heure du triomphe approche, je m'aperçois que monter sur le trône m'attire peu.

— Merveilleux ! souffla Myrjala en l'étreignant. Je désespérais de te voir enfin adulte !

Il fronça les sourcils.

— Tu es ravie que je m'émancipe de ma vengeance, c'est ça ? Pourquoi devrais-je aller jusqu'au bout, en ce cas ?

Myrjala le regarda de ses grands yeux mystérieux.

— Au nom d'Athalantar. Au nom de tes parents assassinés, des villageois de Heldon, des gens de Narthil, de la Descente de la Licorne... et des brigands, tes frères, morts dans les Collines du Cor.

— Tu as raison. Nous libérerons Athalantar du joug de ces monstres. Mystra m'en soit témoin : quitte à sacrifier ma vie, je n'aurai de cesse avant de les avoir anéantis.

Myrjala ne dit plus rien ; malgré l'obscurité, Elminster la sentit sourire.

CINQUIÈME PARTIE

ROI

CHAPITRE XIV

ET LA PROIE EST UN HOMME

Cloîtrés dans leurs forteresses, ils tremblent d'effroi, car ce soir, l'ennemi juré des mages est en chasse.

Bendogloar Syndrath, barde de Barrowhill
Extrait de la ballade *Sus aux Mages !*
Année de la Fausse Monnaie

Le temps était gris et maussade. Réfugiés dans une taverne, Elminster et Myrjala devisaient doucement dans un coin bien tranquille.

— Eh bien, disait El, s'il faut éviter une bataille rangée pour ne pas détruire le royaume dans la foulée, reste à éliminer nos ennemis un par un en prenant soin de les isoler. Je devrai tendre des pièges. Mais tôt ou tard, il y aura un affrontement généralisé, c'est inévitable.

— Et ?

— Et nous avons besoin d'alliés, Myrjala. Mais qui ?

— Tu voudrais que justice soit faite. Quoi de plus juste que d'offrir à ceux qui ont le plus souffert une chance de se venger ? Je parle des elfes de Haute Forêt, des hors-la-loi de Hastarl, de Heaume et de ses chevaliers. Ta cause est aussi la leur.

— Tu as raison. Pourquoi suis-je toujours aveugle ?

— Tu es distrait...

Il soupira.

— Je devrai les contacter et les convaincre. Mieux vaut que tu ne m'accompagnes pas, au cas où on remarquerait ta présence. Abattre trop vite son jeu n'est jamais bon...

— Tu n'as pas tort. Mais je préfère qu'on reste ensemble. J'adopterai une autre apparence, voilà tout, et je me tiendrai prête à te secourir au besoin. (El sourit.) Les elfes t'ont enseigné ce que tu sais. Ce seraient nos meilleurs alliés.

— Oui, mais ils usent de magie pour améliorer leur environnement, pas pour détruire.

Myrjala haussa les épaules.

— Il te faut des alliés possédant les atouts qui te manquent. La décision des elfes — se joindre ou non à nous — sera déterminante pour la suite des événements. De plus, leur territoire est moins surveillé que d'autres. Allons-y !

*
* *

Devant la source de ses souvenirs, au cœur de la Haute Forêt, El murmura une prière à Mystra et s'assit. Presque aussitôt, son bouclier magique vibra : on cherchait à savoir qui était l'intrus.

— Salut ! cria Elminster.

Il patienta longtemps. Enfin, des profondeurs sylvestres émergea un elfe, arc en main. Sa mine n'avait rien d'engageant.

— Les seigneurs mages ne sont pas les bienvenus, rappela-t-il d'un ton glacial.

Elminster ne broncha pas.

— Je suis un mage, pas un seigneur mage.

— Qui d'autre connaîtrait cet endroit ?

Sept archers avancèrent à découvert. Nimbées d'un bleu étincelant, les pointes de leurs flèches auraient percé le plus puissant des boucliers.

— J'ai vécu un an ici, répondit El avec calme. J'y ai appris la magie.

— Ne mens pas, humain, si tu veux vivre !

— Je dis vrai. Six d'entre vous ont juré de m'aider à occire nos ennemis communs.

— Je m'en souviens. Je l'ai juré à une femme, pas à un homme.

— Je *suis* cette femme.

L'affirmation, plutôt saugrenue, déchaîna une franche gaieté.

— Votre magie est souvent plus puissante que la nôtre, continua El. Pourtant, vous doutez qu'un sorcier puisse changer de sexe à volonté ?

— Oh, il peut, mais il ne le fera pas. A moins d'y être contraints, les hommes ne se transforment pas en femmes. Un tel courage et une telle remise en question ne sont pas dans leur nature.

— Dis à Braer — Baerithryn — que je suis désormais plus fort et plus courageux...

Ignorant les flèches pointées sur lui, Elminster recommença à attendre. Quand son bouclier magique vibra, il le désactiva et sentit un contact mental ténu.

Braer surgit.

— Les années semblent t'avoir quelque peu changé, Elmara..., fit son ami, un brin caustique.

— Braer !

Bondissant sur ses pieds, El courut étreindre son mentor, qui l'embrassa comme s'il était encore une jeune fille, avant de se dégager.

— Doucement, prince ! Les elfes sont raffinés et délicats !

Ils rirent ; les autres baissèrent leurs arcs.

— Tu es venu solliciter notre aide, comprit Braer. Assieds-toi et dis-nous tout.

Elminster vit que les elfes, autour d'eux, avaient déjà doublé en nombre.

Aucun ne lui rendit son sourire.

— Eh bien..., commença-t-il.

Il n'alla pas plus loin ; l'elfe qui l'avait « accueilli » le premier lui coupa la parole :

— D'abord, prince, sache que ceux d'entre nous qui t'ont fait ce serment s'estiment liés par lui et t'obéiront... Mais comprends notre réticence à risquer d'autres vies que les nôtres. En dehors de son habitat naturel, la sylve, le Peuple est très vulnérable. Notre clan diminue d'année en année. Dans cette région de Féérune, ceux qui tomberont au combat ne seront plus remplacés. Les hommes poussent comme des champignons. Les elfes, eux, sont des fleurs plus rares... et plus précieuses. Ne t'attends pas à ce qu'une armée te suive, prince, ni à une légion d'archimages elfiques marchant à ton côté.

Hochant la tête, Elminster se tourna vers son ami :

— Et toi, Braer ?

— Je n'aimerais pas conduire les miens au combat à ciel découvert, contre une cavalerie disciplinée et des dragons... Nous ne livrons pas de batailles rangées. Ce n'est pas dans notre nature. Qu'envisageais-tu ?

— Essentiellement, que vous nous protégiez par magie : une sorcière, moi, quelques chevaliers et des citadins de Hastarl... Ensuite, nous nous battrons.

— Quelles sont tes chances de l'emporter ? s'enquit un archer. Les seigneurs mages sont puissants. Si tu meurs dès les premiers assauts, tous se retourneront contre nous.

— Il y a peu de temps, j'ai détruit l'archimage de Calishar.

— Nous en avons entendu parler, dit un autre elfe. Beaucoup ont revendiqué cet exploit. Comment démêler le vrai du faux ? Sauf ton respect, prince, il nous faut une preuve.

El réprima un soupir.

— De quelle sorte ?

— Tue un seigneur mage pour nous ! lança quelqu'un.

— N'importe lequel ?

— Taraj : il nous surveille, et, sous forme de bête féroce, il s'amuse à traquer les habitants de la forêt. Ce chien prend plaisir à tuer. Il semble protégé contre nos flèches et nos sortilèges. Si tu réussis, tu t'attireras la gratitude du Peuple. Tu as tout à y gagner car la plupart de nous t'aideront de leur mieux.

— D'accord. Conduisez-moi à son terrain de chasse de prédilection et je l'abattrai. Qu'aime-t-il traquer ?

— Les hommes, répondit Braer.

Les elfes s'en furent, guidant leur allié. L'épée du Lion contre son flanc, Elminster sentit une étrange exaltation l'envahir.

Enfin, il touchait au but...

*
* *

Myrjala se matérialisa près d'Elminster et sourit. Cette fois, elle n'avait pas eu à intervenir.

Le prince la serra contre lui et l'embrassa. Mais une ombre passa sur ses traits.

— Ma soif de vengeance diminue, admit-il. Vaincre ce crétin m'a ennuyé. Et la vue du sang me fatigue...

— Je comprends, et je ne t'en respecte que davantage, El. Mais tu dois aller jusqu'au bout maintenant, tu n'as plus le choix. Sinon, Athalantar n'aura fait qu'échanger un cheval borgne contre un aveugle ! Estimes-tu avoir assez vengé tes parents ?

Il darda sur elle un regard d'acier.

— Qui est le prochain seigneur mage à abattre ?

— Seldinor.

— Pourquoi lui, au nom du ciel ?

— Tu as été une femme. Quand je t'aurai raconté les dernières machinations de ce personnage, tu comprendras pourquoi, mieux que bien des jeunes fanfarons qui se prennent pour des sorciers.

Elminster soupira.

Soudain, comme surgis de l'écorce des arbres, les elfes entourèrent le couple.

— Qui est-ce ? demanda Braer à son ancien élève.

Myrjala parla pour elle-même :

— *Al hond ebrath, uol tath shantar en tath lalala ol hond ebrath.*

— Plaît-il ? s'enquit El.

— « Une véritable amie, à l'instar des arbres et de l'eau », traduisit-elle.

— De bien fières paroles, dit un des elfes, pour un être à la vie si éphémère, alors que les arbres et les fleuves sont éternels.

Aussi majestueuse et assurée qu'un elfe, elle répondit :

— Ma longévité te surprendrait, Ruvaen, comme d'autres avant toi.

Le guerrier plissa le front.

— Comment sais-tu mon nom ? Qui... ?

— Paix ! intervint Braer. Mieux vaut continuer de telles conversations en privé. Nous avons du pain sur la planche.

— Au nom d'Athalantar, conclut Ruvaen, le Peuple combattra à ton côté si tu tiens parole.

— Je tiendrai parole, promit Elminster.

Ruvaen et lui croisèrent leurs avant-bras sous les cris de joie des elfes de Haute Forêt.

Ils n'avaient plus exulté ainsi depuis longtemps.

Dans la boule de cristal, des yeux anciens et remplis de sagesse regardèrent mourir la scène d'allégresse.

Que faire ?

Le jeune prétentieux n'avait rien d'exceptionnel, mais sa compagne, elle... Sa puissance était considérable.

Il devait prévenir tout le monde du danger.

Mais *après* que ces deux-là auraient éliminé Seldinor.

CHAPITRE XV

QUAND LES MAGES DÉTERRENT
LA HACHE DE GUERRE...

Une étoile filante s'écrase sur une berge
Il y en aura d'autres
Ranime le feu et barricade les portes
Car les mages ont déterré la Hache de Guerre.

Angarn Dunharp
Extrait de la ballade
Quand les Mages déterrent la Hache de Guerre
Année de l'Epée et des Etoiles

Des branches bruissèrent. Les doigts volant sur la garde de son épée, Heaume fit volte-face.

De gris vêtu, le guerrier nommé Ruvaen avança vers lui. Il n'était pas seul.

La mine des deux nouveaux venus n'augurait rien de bon.

— Que se passe-t-il ? s'enquit Heaume, toujours pratique.

Ni les uns ni les autres n'étaient très diserts.

Ruvaen tendit la paume : un gros diamant aux

facettes lisses y était niché. De la mousse restait collée à la gemme.

Heaume leva un sourcil.

— Un cristal de clairevision, lâcha l'elfe. Les sorciers humains les utilisent.

— Les seigneurs mages... Où l'avez-vous trouvé ?

— Dans le vallon, là-bas..., précisa l'autre elfe.

— Un des tiens l'y a caché, renchérit Ruvaen. Il y a un traître parmi vous !

Heaume Pierrelame poussa un long soupir.

— Nos ennemis doivent bien ricaner, à l'heure qu'il est.

Ruvaen lui remit le cristal et ajouta :

— Nous resterons dans les arbres... Si tu as besoin de nous...

Heaume hocha la tête. Lequel de ses hommes allait le plus souvent se soulager dans *cette* direction ?

Il ne tarda pas à réunir ses compagnons : une vingtaine de braves osaient encore combattre les tyrans. La magie elfique les protégeait. Jusqu'ici, la menace d'un soulèvement général des elfes avait dissuadé les seigneurs mages de lancer une offensive.

Les hivers rigoureux et les amis tombés au combat, avaient endurci le chevalier, lui apprenant les vertus de la patience.

La découverte du cristal changeait tout.

Si les seigneurs mages connaissaient tout d'eux, leur identité, leur nombre, leurs plans, leur position, les chevaliers devaient frapper vite et fort pour avoir une chance de s'en sortir.

Une fois ses compagnons réunis, Heaume se tourna vers un nommé Halidar. Ce dernier blêmit en voyant le cristal.

Il voulut fuir... et s'écroula, poignardé par Anauviir.

Sans mot dire, Heaume récupéra l'arme, l'essuya et la rendit à son propriétaire.

Halidar avait toujours été rapide.

Mais Anauviir l'était plus encore.

Heaume brandit le cristal pour que tous le voient.

— Nos ennemis nous ont épiés, peut-être depuis des années. (Tous étaient pâles comme la mort.) Ruvaen, cria Heaume, cette babiole te servira-t-elle ?

Une voix musicale et désincarnée tomba d'un arbre :

— Bien utilisée, elle peut détruire l'esprit d'un seigneur mage.

Heaume lança le cristal en direction de la voix. Puis il examina ses preux d'un regard neuf : ils étaient sales et dépenaillés, les yeux cernés par la fatigue. Lui-même avait l'air hagard.

Et il les appréciait tous. Avec quarante fines lames supplémentaires, il eût pu se tailler un nouveau royaume à la pointe de l'épée.

— Attention, chevaliers, lança Ruvaen de son perchoir, un messager approche.

Heaume sursauta. D'ordinaire, les elfes ne toléraient aucun humain au cœur de leur forêt...

Une brume suspecte apparut et se dissipa sous les yeux effarés des guerriers.

Heaume en resta bouche bée.

Il avait cru le jeune homme mort depuis des lustres ! Rêvait-il ? Ajoutant à la surprise de ses compagnons, il ploya un genou devant l'inconnu au nez d'aigle. Seul un sorcier ou un prêtre pouvait surgir du néant ainsi.

Elminster posa une main sur l'avant-bras de son vieil ami et le pria de se relever.

Celui-ci se tourna vers ses hommes :

— A genoux, preux chevaliers d'Athalantar ! Voici Elminster, fils d'Ethryn, le dernier prince de sang de ce royaume !

— Un seigneur mage ? demanda-t-on.

— Non, répondit El. Un sorcier qui a besoin de votre aide pour détruire ces monstres.

Un par un, les chevaliers imitèrent leur chef et s'agenouillèrent.

— Levez-vous. Je n'ai aucun royaume pour l'instant et j'ai besoin d'alliés, non de courtisans. Quarante ennemis, c'est un peu trop pour moi. Et ils ont des quantités de laquais armés jusqu'aux dents, par-dessus le marché ! Ensemble, nous aurions une chance. Les elfes nous ont déjà rejoints, et d'autres nous suivront à Hastarl. Avant une dizaine de jours, nous serons fin prêts pour ouvrir les hostilités... et gagner ! Il me manque quelques braves pour attaquer Athalgard. Etes-vous des nôtres ?

Pour la première fois depuis des années, Heaume vit s'afficher de l'espoir sur le visage de ses hommes. Mais le doute subsistait chez certains...

— Comment être sûr que ce n'est pas un piège ? Ou qu'une fois dans le fief ennemi, tes pouvoirs seront assez forts pour nous garder en vie, prince ?

— J'avais les mêmes réserves, intervint Ruvaen, depuis les branchages où il s'était installé. Mes frères et moi lui avons demandé de faire ses preuves. Il a tué un seigneur mage qui nous harcelait sans trêve. Je me porte personnellement garant des pouvoirs d'Elminster. N'ayez aucune crainte à ce sujet.

— De plus, renchérit Heaume, je le connais depuis que le mage royal a tué ses parents. Alors qu'il n'était qu'un gosse, il a juré qu'il exterminerait ces monstres.

— L'heure est venue, reprit Elminster, implacable. Puis-je compter sur les derniers chevaliers d'Athalantar ?

Il y eut des murmures.

Anauviir prit la parole :

— Une question, si je peux... Comment comptes-tu *nous* protéger, prince, si nous nous attaquons aux seigneurs mages ?

— Les elfes combattront à vos côtés, lança Ruvaen. Notre Art vous dissimulera ou déviera les coups chaque fois que ce sera possible.

Heaume intervint à son tour :

— Mes braves, je vous ai toujours menés au combat. Mais chacun est libre de ses choix. La mort sera au rendez-vous, inutile de se leurrer, ni de s'enivrer de grands discours. Mais ce n'est pas en continuant de se terrer ici qu'on ne mourra jamais ! Les seigneurs mages sont près de nous exterminer. Où que nous allions, leurs soldats nous traquent nuit et jour. D'ici un ou deux ans, ils régneront en maîtres absolus, sans aucune opposition. Alors... qu'avons-nous à perdre ?

Tous acquiescèrent.

Un sourire sans joie sur les lèvres, Heaume se tourna vers Elminster.

— Nous sommes à tes ordres, prince.

— Très bien. J'ai besoin que vous vous rendiez d'abord à Hastarl, par petits groupes pour ne pas attirer l'attention. Près du mur d'enceinte, du côté du fleuve se trouve un terrain vague qui sert de décharge et de fosse commune. On y brûle les cadavres des gueux et les déchets. Cachez-vous là avant que passent dix jours, déguisés en camelots, par exemple ; les elfes vous donneront du vin et des armes pour parfaire votre déguisement. Tâchez de ne pas tout boire en chemin !

Des rires accueillirent la boutade.

Les compagnons reprenaient du poil de la bête.

— Pour Athalantar et au nom de la liberté ! cria Heaume.

Vingt épées brandies lancèrent des éclairs métalliques.

Heaume en tête, les hommes disparurent dans les bois pour se préparer.

— Merci, Ruvaen, lança Elminster. Veille sur eux, veux-tu ?

— Bien sûr, dit la voix mélodieuse. Aucun elfe ni aucun homme loyal à son pays ne devrait manquer la bataille qui va s'engager... Nous veillerons surtout à

ce qu'il n'y ait pas d'autres traîtres au sein des chevaliers.

— Il le faut ! A bientôt, l'ami !

Chacun partit de son côté.

*
* *

Seldinor Caporage était plongé dans ses réflexions.
Depuis deux jours, reclus dans son laboratoire, il
cherchait à greffer sur un golem les lèvres de sa
dernière victime — tout ce qui restait d'elle. Pourquoi
n'y parvenait-il pas, quand tout le reste avait déjà
marché ?

Il refit une tentative avec l'assurance et la célérité
d'une longue pratique.

Cette fois, l'incantation fut couronnée de succès !
Les lèvres se greffèrent sur la chair pourrissante du
monstre et frémirent.

La dernière fois que le sorcier les avait vu trembler,
la femme l'avait supplié de l'épargner...

Seldinor passa au sommet de l'expérience : donner
au golem l'intellect d'un familier privé de bras et de
jambes. Dans sa cage, la créature le regarda faire,
muette d'horreur.

Toute intelligence quitta ses yeux.

Maintenant, si tout marchait comme prévu...

Les lèvres du monstre formèrent un sourire et
soufflèrent :

— Maître !

— Tu me connais ? exulta Seldinor.

— Assez bien, oui...

A une vitesse inouïe, les bras du golem se refermè-
rent sur leur créateur... et lui brisèrent le cou avant de
lui arracher la tête.

Sous le regard goguenard des yeux magiques.

*
* *

Avec un rictus satisfait, le vieux sorcier vit la tête de Seldinor voler à travers son laboratoire. Alors il se leva et convoqua les autres seigneurs mages par l'intermédiaire d'une nouvelle boule de cristal :

— Undarl, Ildryn, Malanthor, Alarashan, Briost, Chantlarn...

Chaque nom prononcé à voix haute faisait surgir un visage devant le vieillard. Chacun des mages, anticipant l'appel, s'était installé devant sa boule de cristal pour entrer en communication avec ses confrères. Avec un sourire de carnassier, l'Ancien savoura son pouvoir : bon gré mal gré, *leur* volonté était assujettie à la sienne.

— Parle, Ithboltar ! s'impatienta un des six mages.

— Qu'arrive-t-il, Vénérable ? s'enquit un autre, sur un ton plus respectueux.

— Deux inconnus nous menacent...

Il leur fit voir l'image d'un jeune homme et d'une dame mince au regard sombre.

— Ce freluquet et sa femelle nous menacent ? railla Chantlarn. Vieil homme, aurais-tu un accès de sénilité ?

— Dis-moi, toi qui sais tout, où est Seldinor maintenant ? Et Taraj ?

— Qui sont ces deux personnes ? demanda Malanthor.

— Des rivaux de Calimshan, peut-être... La femme ne m'est pas inconnue. Quoi qu'il en soit, ils cherchent à nous éliminer un par un... et n'y réussissent pas trop mal. Alors, Chantlarn ? J'attends toujours ta réponse ! Oublions un instant nos dissensions et unissons-nous avant qu'il soit trop tard. Demain matin, nous reparlerons du problème...

Rompant le contact, Ithboltar secoua la tête. Restait à espérer que la nuit porterait conseil à ces jeunes chiots arrogants.

— C'est cet édifice, souffla Elminster à ses compagnons avant de disparaître.

Il les avait chaleureusement remerciés de lui avoir confié des sorts bien supérieurs aux siens. Car les elfes l'avaient rendu immatériel et invisible.

Bardés de protections magiques, Braer et ses compagnons hochèrent la tête et se dirigèrent vers le bâtiment.

Au son de ronflements familiers, une étrange brume — Elminster — volait dans une pièce, évitant les pièges anti-intrus.

Dans un lit somptueux, Farl et Tassabra dormaient à poings fermés.

D'un mot, El brisa l'enchantement pour se rendre de nouveau visible. Les saluant à voix haute, il tira ses amis de leur sommeil :

— N'ayez crainte, c'est Eladar. Je reviens vous implorer de m'aider à sauver Athalantar !

Dague au poing, Farl se redressa :

— El, est-ce vraiment toi ?

— Bien sûr. Crois-tu que je resterais là, les bras croisés sans attaquer, si j'étais un ennemi ayant pris mon apparence ?

Tassabra plaqua les poings sur ses hanches :

— Si c'est toi, El, penche-toi que je puisse t'embrasser !

Souriant, Elminster accéda à la demande et reçut un gros baiser. Puis Farl le serra à son tour sur son cœur.

— Par les dieux, chuchota-t-il, tu m'as manqué, El. Jamais je n'aurais cru te revoir.

— Où étais-tu passé ? renchérit Tassabra.

— Un peu partout dans Féérune, à apprendre la magie.

— Tu espères encore réussir à vaincre les seigneurs mages ?

— Avant trois jours... Si vous m'aidez.

Le couple en resta bouche bée.

— Comment ? demanda Farl, le front plissé. Nous passons notre vie à échapper aux sorciers. Nous ne sommes pas de taille contre *un seul* d'entre eux !

— Nous nous sommes bâtis une belle vie avec ce que nous avions, continua Tassabra. Les Lunegriffes sont de l'histoire ancienne. A propos, tu avais raison, El : c'étaient les espions des seigneurs mages. Maintenant, nous dirigeons les Mains de Velours et nos investissements sont prospères.

— Me voyez-vous ? demanda El, réactivant le sort.

— Plus du tout, répondit le couple.

— Vous ne pouvez plus m'atteindre non plus, même par magie. J'ai de puissants alliés ; ils vous protégeront comme ils me protègent en ce moment. Vous pourriez dépouiller les seigneurs mages de leur richesses et les égorger sans qu'ils n'y puissent rien !

Le regard de Farl pétilla.

— Vraiment ? Mais qui sont ces alliés ?

Elminster posa une question mentale à Braer :

— *Puis-je ?*

— *Laisse-nous faire* !

Un instant plus tard, les elfes se matérialisèrent autour du lit.

— Pardonnez cette intrusion, gente dame et noble seigneur. Nous n'avons pas coutume de nous introduire dans les chambres sans y être invités, mais des circonstances exceptionnelles appellent des mesures hors du commun. Si vous combattez à nos côtés, nous en serons honorés.

El vit ses vieux amis ciller quand les elfes se volatilisèrent aussi vite qu'ils étaient apparus.

— Un honneur ? couina Farl. Des *elfes* qui seraient honorés de se battre avec *nous* ?

— De vrais elfes... ! souffla Tassabra, encore sous le choc.

— Oui, confirma Elminster. Avec leur aide, nous

avons toutes les chances de vaincre les seigneurs mages. De plus, les Chevaliers du Cerf seront également de la partie !

— Les chevaliers perdus d'Athalantar ? hoqueta Tassabra.

— Encore des contes pour enfants..., souffla Farl. Mais tu es sérieux... Comment as-tu rallié à ta cause les elfes et les chevaliers ?

— Ils sont loyaux à Athalantar ; ils ont répondu à l'appel du dernier prince du royaume.

— Qui ça ?

— Moi. Eladar le Noir, alias... Elminster, fils du prince Elthryn. Je suis prince d'Athalantar.

Farl et sa compagne se regardèrent.

— Je n'y crois pas..., murmura Farl d'une voix mal assurée. C'est presque trop beau pour être vrai...

— Nous y viendrons, coupa Tassabra. Compte sur nous, El. (Elle se leva, drapée dans sa dignité, et nimbée par la lune.) C'est notre unique chance de prouver enfin notre valeur et d'être fiers de nous ! Athalantar a besoin de nos services ! Nous tenons notre destinée entre nos mains !

— Tu as raison, admit Farl. El, les Mains de Velours attendent tes instructions. Parle : que devons-nous faire ?

— Demain, je vous contacterai. Tassabra rejoindra les chevaliers dans le camp habituel, près du mur d'enceinte. La nuit suivante, vous travaillerez de concert avec les elfes ; il s'agira de dérober certains objets et composants magiques à de vieux ennemis. Grâce aux elfes, ce sera un jeu d'enfant.

Tous trois sourirent.

— Nous allons bien nous amuser ! dit Farl.

— Je l'espère, conclut Elminster.

*
* *

— Nous ont-ils attaqués, ô Vénérable ? s'enquit Malanthor, sardonique. Ou ai-je manqué l'événement ?

Ithboltar se fendit d'un sourire crispé.

— La menace est réelle. Tu ferais bien de ravaler un peu de ta morgue, Malanthor. La superbe précède souvent le désastre. C'est particulièrement vrai dans notre caste.

— Et les vieillards voient des chimères partout, jusqu'à ce qu'à leurs yeux, les ombres aient plus de substance que la réalité. Puisque nous en sommes aux platitudes...

Ithboltar haussa les épaules.

— Sois prêt à tout, dans les jours à venir.

— Athalantar est encore attaqué, c'est ça ? lança Chantlarn. Des armées campent sous nos murs, et tout ce qui s'ensuit ?

— Je le crains, minauda Malanthor sur le ton aigu d'une matrone hystérique, chassant de son front une sueur imaginaire. Je le crains !

— Moi aussi ! dit Chantlarn avec entrain. Comment vas-tu ce matin, Ithboltar ?

— Comme un malheureux cerné par des crétins ! explosa l'archimage.

Il leur tourna le dos avec ostentation pour se replonger dans ses grimoires.

Ses confrères échangèrent des regards amusés.

*
* *

Marchant vers l'endroit où elle devait retrouver les chevaliers, Tassabra reconnut soudain l'homme décrit par Elminster. Assis avec ses compagnons près d'un feu de camp, il fourbissait ses armes. En fait, tous huilaient et aiguisaient des lames.

Elle se planta devant un solide gaillard et annonça :

— Je viens pour toi.

Le vieux guerrier la regarda des pieds à la tête ; la lame qu'il huilait vola vers sa gorge.

Jamais Tassabra n'avait vu pareils réflexes ! Le métal était glacé contre sa peau nue. Elle déglutit.

— Arrière, ordonna-t-il. Qui es-tu et qui t'envoie ?

Tassabra mit les poings contre ses hanches ; ignorant ses courbes voluptueuses, Heaume ne quittait pas ses mains du regard.

— Je parle au nom d'Elminster... et de Farl.

— Eh bien, dit le guerrier, reposant son épée et lui offrant à boire, décide-toi pour l'un ou pour l'autre. Ensuite, nous causerons.

*
* *

C'était presque trop facile... Farl referma les doigts sur le énième anneau magique qu'il subtilisait cette nuit-là... Une main lui frôla le poignet !

Farl ôta vivement les doigts. La bougresse qui partageait la couche du maître des lieux poussa un cri perçant.

L'heure n'était plus aux subtilités.

Alerté, le seigneur mage sortit de la salle d'eau où il procédait à ses ablutions et lança un sort contre l'impudent.

Farl cria :

— Tire-moi de là, *Elminster !*

Un picotement parcourut ses membres ; des flammèches le nimbèrent.

— *Du calme !* dit une voix elfique dans son crâne. *Ne gigote pas ainsi.*

Farl obtempéra. Avait-il le choix ?

— Un bouclier ? s'étrangla le seigneur, stupéfait que son sortilège ne soit suivi d'aucun effet. Un ruffian protégé par magie sous mon propre toit ! Mais où allons-nous ! s'écria-t-il, proprement indigné.

Tout nu et tout mouillé, il traversa la chambre à grandes enjambées, décidé à en savoir plus avant d'éliminer le vermisseau.

A cet instant, un éclair annonça l'arrivée d'Elminster.

— *Par les Neuf Enfers*, qui est-ce encore ? cracha le mage, hors de lui.

Malanthor ouvrit des yeux comme des soucoupes : en fait d'intrus, il y en avait *deux*. Se ressaisissant, il se prépara à frapper. Mais... ce grand type au nez d'aigle ! C'était l'homme que leur avait montré Ithboltar...

Elminster frappa.

Se tordant de douleur sous les cris de Nanatha, son apprentie, Malanthor hoqueta :

— Alabaertha... shum*gol*nar !

Chantlarn lui vendrait cher son aide, mais c'était ça ou mourir !

— Myr ? appela El. Es-tu prête ?

— Oui, n'aie crainte. Je m'occupe de lui...

Elminster se tourna vers le maître des lieux, qui se remettait debout avec peine.

— Au nom de mes parents, meurs !

Dans un rugissement vengeur, des sphères argentées fondirent sur le mage.

— Quel sens du dramatique ! railla une voix, près du jeune mage.

Un homme moustachu, tout de pourpre vêtu, venait de surgir du néant. D'un coup de baguette magique, il plongea le monde dans le noir, puis l'écarlate. Plaqué contre un mur, Elminster s'évanouit.

Ignorant les cris de la femme et les restes calcinés de Malanthor, Chantlarn étudia sa victime sans connaissance.

— Elminster ?

Chantlarn se tourna vers le seuil de la salle d'eau, et hoqueta à la vue d'une autre femme...

Celle contre qui Ithboltar les avait mis en garde !

Aussitôt, il pointa sur elle son bâton de sorcier... et sursauta. Son sortilège n'avait pas marché !

Furieuse, l'inconnue le jeta par une fenêtre et fit exploser son corps pendant sa chute, car elle l'avait obligé à retourner ses foudres contre lui...

Terrifiés par les explosions en chaîne, les soldats qui patrouillaient dans la rue fuirent sans demander leur reste.

Myrjala incanta de nouveau ; une lueur bleu-blanc enveloppa Elminster et le fit léviter.

Se tournant vers l'apprentie en larmes, Myrjala prit la forme de... Undarl Chevauchedragon, le mage royal ! Après un salut moqueur à Nanatha, nue et terrifiée, l'archimage se volatilisa dans un éclair aveuglant.

Nanatha tourna de l'œil.

*
* *

— Tout ira bien, mon amour, murmura Myrjala.

A peine conscient, Elminster sentit ses doigts fins se mêler aux siens et sourit.

— J'ai pris l'apparence du mage royal, sous les yeux de l'apprentie de Malanthor. Elle croira que tout était sa faute.

— Ainsi, nos ennemis seront bientôt à couteaux tirés, souffla El, amusé. Fort bien...

Il sombra dans un sommeil réparateur. Myrjala éclata en sanglots et le serra contre elle.

— Je t'ai presque perdu ! Oh ! El, qu'aurais-je fait alors ? Pourquoi vouloir une si terrible vengeance ?

CHAPITRE XVI

POUR ATHALANTAR

Au nom de notre patrie
Beaucoup de choses sont accomplies
Au nom de l'amour
De plus belles encore.

Halindar Droun, barde de Beregost
Extrait de la ballade
Les Larmes jamais ne tarissent
Année de la Lune en Marche

— Tu ferais mieux de t'y habituer, annonça Farl, jovial, à son complice. Les égouts sont l'unique moyen de nous introduire dans le château.

— Ne connais-tu aucun passage secret ? protesta Heaume.

Derrière lui, il entendit vomir un de ses hommes.

— Bien sûr, admit le voleur, mais les seigneurs mages aussi ! Ceux qui s'y risquent finissent toujours entre leurs mains... Très peu pour moi, merci ! Beaucoup de nos rivaux ont subi ce sort fort peu enviable...

— Ça va ! grommela le chevalier. Mettons que je n'ai rien dit.

— Nous y voici, dit Farl. Ce conduit mène aux quartiers de Briost, ces deux-là, à ceux d'apprentis sans doute occupés à préparer les bains de leurs maîtres ; celui-ci est relié à une sorte d'étude qui devrait être inoccupée à cette heure... Des questions ?

— Oui, dit un des chevaliers, crachant dans les miasmes. Après tout ce raffut, j'aimerais savoir : comment les voleurs gagnent-ils leur vie à Hastarl ? Ne s'en prennent-ils qu'aux gens sourds comme des pots ?

*
* *

Quand un inconnu en armure, crotté et puant, surgit dans sa garde-robe, épée au poing, le mage Briost eut besoin d'une fraction de seconde pour le foudroyer...

Mais l'homme qui l'accompagnait était rapide aussi : une dague dans l'œil, le nécromancien s'écroula.

Les autres intrus l'achevèrent.

*
* *

Le cristal de clairevision s'embrasa. D'un geste, Ithboltar fit signe à Nanatha de s'asseoir. Puis un étrange « boum » avertit le château de l'attaque.

Penché sur son cristal, l'archimage, soudain affolé par ce qu'il découvrait, déchira sa tunique pour empoigner un curieux pendentif.

Qu'est-ce qui pouvait terrifier ainsi le plus puissant des seigneurs mages ?

Nanatha n'osait l'imaginer...

Ithboltar psalmodia un sort qu'il avait espéré ne jamais devoir lancer.

Interloqués, cinq seigneurs mages se matérialisèrent. D'une main levée, Ithboltar les fit taire.

— Ensemble, dit-il, il nous reste une chance de gagner. Seuls, nous sommes tous condamnés.

*
* *

Dans tout le château, envahi par les rebelles, les combats s'engagèrent. Darrigo Tourtrompette ferraillait d'abondance contre un des marauds qui avaient osé s'en prendre à lui, quand un autre quidam apostropha son adversaire :

— Et alors, Jansibar ? On s'attaque aux vieillards, maintenant ? Les jeunes te dédaignent ?

Furieux de voir Thelorn venir le harceler encore, Jansibal retourna sa hargne contre Darrigo. Dans la passe d'armes qui suivit, le présomptueux découvrit à ses dépens qu'il avait sous-estimé le « vieillard ».

Darrigo n'était pas né de la dernière pluie ; il anticipait les feintes et les parades avec une aisance des plus vexantes. Bientôt, Jansibal fut sur la défensive. Thelorn, assistant au duel, savourait l'humiliation de son « amant » quand Darrigo, trompant la garde de son adversaire, le blessa au visage.

Rompant le contact, Jansibar Otharr voulut fuir sous l'œil incrédule du vieux Tourtrompette. Il n'alla pas loin ; un poignard dans le dos, il s'écroula, raide mort.

— C'est *ça*, un noble athalantarien ? couina le chevalier qui, à son tour, avait surgi à point nommé pour occire le fuyard. On aurait dû nettoyer les lieux de cette vermine depuis des lustres !

Thelorn Selemban avança vers lui :

— Qui êtes-vous ?

Heaume Pierrelame toisa le jeune fat, ridicule avec sa chemise de soie et ses manches bouffantes aux dragons brodés.

— Un chevalier d'Athalantar, gronda-t-il. Mais à te regarder, mon garçon, j'aurais mieux fait de devenir ton maître d'atours !

— Un chevalier ? Quelles fadaises me chantes-tu là ? Il y a longtemps que... Es-tu loyal au roi Belaur ?

— Je crains que non...

Une dizaine de gaillards derrière lui, Heaume avança pour croiser le fer avec ce nouvel adversaire.

Non sans panache, Thelorn Selemban se mit en garde et les défia :

— Halte-là ! rebelles, ou préparez-vous à périr !

— Merveilleux discours ! ironisa Heaume. Ce jour est décidément historique... Voyons si tu vaux mieux que feu ton ami...

— Ami ? protesta Thelorn. Ce chien ? Certainement pas ! Maintenant, arrière ou il vous en cuira !

A cet instant, Darrigo Tourtrompette l'assomma par-derrière. Puis il dévisagea le chevalier, n'en croyant pas ses yeux.

— Heaume ? Heaume Pierrelame ?

— *Darrigo !* Vieux renard ! Que je suis heureux de te revoir !

Les vétérans s'étreignirent avec fougue.

— J'ai entendu dire que tu avais pris le maquis, Heaume... Que mijotais-tu ?

— J'embrochais du soldat à tour de bras, tu vois. Puis j'ai découvert que chasser le mage était plus amusant. Veux-tu te joindre à nous ?

— Avec grand plaisir, vieux frère... Mène-nous donc prestement au combat !

Heaume roula des yeux au plafond.

— Ces nobles, ils mourraient sur un dernier subjonctif ! soupira-t-il, avant d'obtempérer.

Les seigneurs mages fixèrent le Vénérable de leurs yeux ronds, avant de souscrire de mauvaise grâce à un consensus. Ils en étaient encore à échanger des civilités quand une fenêtre, à l'autre bout de l'immense salle, vola en éclats.

Un magicien aux cheveux blancs, couronné de feu, avança, flottant dans les airs. Son bâton magique jetait des éclats aveuglants.

Affolés, les seigneurs firent assaut de sortilèges contre cet adversaire.

Puis tout disparut. Derrière les mages, le cristal d'Ithboltar scintilla.

*
* *

El félicita sa compagne de ce coup d'éclat.

— Bien joué, Myr... Ils viennent de gaspiller un sort majeur pour rien.

— Certes. Maintenant, il faut trouver autre chose, d'autant plus que les voilà réunis... Si seulement ils étaient restés dans leurs appartements privés ! Nos chevaliers n'auraient fait qu'une bouchée d'eux.

Elminster haussa les épaules, philosophe.

— Qu'à cela ne tienne. A vaincre sans péril, on triomphe sans gloire...

*
* *

Les soldats pullulaient dans l'escalier principal. Tassabra n'était pas douée pour le tir, mais ne pas faire mouche dans une humanité si *grouillante* eût tenu de l'exploit !

Sans compter les elfes, qui s'en donnaient à cœur joie, ravis de mettre des bâtons dans les roues de ces humains... Sous l'œil amusé de Farl, posté à proximité pour ne pas perdre une miette du spectacle, la panique gagna bientôt les troupes.

Devant ces hommes qui, dans leur affolement, se piétinaient à mort, Tassabra n'avait aucune envie de sourire.

— Comment peux-tu trouver drôle pareille boucherie ? s'indigna-t-elle.

— Chaque tué fera un soudard de moins à notre poursuite... Des lascars que je rêvais de voir morts depuis des années ! Enfin, la sorcellerie ne les protège plus ! Tu voudrais que je verse des larmes de crocodile ? Allons ! Ils ont bien mérité leur sort, crois-moi. Laisse-moi savourer notre revanche !

Braer garda le silence. Sans oser se l'avouer, il était du même avis que l'humain...

Pour lui aussi, l'heure était venue. Faisant signe à ses frères d'armes de garder leurs distances, il se transforma.

Son corps grandit et s'épaissit ; il lui poussa des ailes d'argent...

Le dragon qui avait été Braer prit son envol.

Interdite, Tassabra le regarda disparaître dans le ciel.

Puis elle tourna de l'œil dans les bras de Farl.

— Jamais elle n'était tombée dans les pommes ! geignit son amant.

Delsaran se pencha sur la jeune femme évanouie pour lui caresser les cheveux.

*
* *

Perché sur Anglathammaroth pour gagner Athalgard, Undarl Chevauchedragon jugeait la situation critique. Grâce à son Art, il savait que le château de ses confrères était assiégé par un ramassis de rebelles qu'il se faisait fort de renvoyer au néant.

Si Ithboltar avait tenu ses ouailles plus à l'œil au lieu de leur passer tous leurs caprices !

A l'instant où il plongeait vers Hastarl, il eut la surprise de voir un autre dragon fondre sur lui !

Un dragon d'argent... Qui avait pu prévoir sa venue ? C'était un piège ! Undarl lança le sort le plus puissant de son répertoire.

De ses doigts jaillit la Flammemort.

Undarl vit le dragon d'argent esquiver sans peine. C'était impossible ! De dépit, il s'empara de ses bâtons et revint à la charge avec un rayon vert.

Que Baerithryn de Haute Forêt évita de nouveau.

— Bats-toi ! fulmina Undarl.

Son attaque suivante toucha le dragon d'argent à la queue. Exultant, le sorcier ne prêta pas attention à un léger miroitement de l'air, autour de lui. Sans doute un sort qui avait échoué.

Battant des ailes pour éviter l'attaque en piqué de son adversaire, le dragon d'argent croisa le regard d'Undarl.Quand celui-ci lança un nouveau rayon vert, il rebondit contre un bouclier invisible et...

Par les dieux !

Percuté par ses propres foudres, le mage royal, au comble de la terreur, eut l'impression que le monde disparaissait sous un déluge de feu.

Puis ce fut la chute...

Les rugissements de souffrance du dragon noir, livré aux flammes, tirèrent de leur sommeil tous les habitants de Hastarl.

Anglathammaroth s'écrasa sur la ville.

Blessé, Braer percuta une tour qu'il ne put éviter. Elle s'écroula sur des soldats épouvantés. L'elfe ensorcelé se détourna, n'y pouvant rien. Ses dernières forces le quittaient... L'enchantement cessa.

Le dragon d'argent tomba à son tour, redevenant un elfe.

Soudain, *quelque chose* le rattrapa avant qu'il s'écrase sur les toits.

Cillant pour chasser les larmes qui l'aveuglaient, Baerithryn leva les yeux vers son sauveur.

C'était la maîtresse d'Elminster, Myrjala. Et pourtant...

Interdit, Braer bafouilla :

— *Dame ?*

*
* *

Quand Elminster, tel le spectre de la vengeance, surgit de la boule de cristal d'Ithboltar, les seigneurs mages étaient très occupés à se quereller. Les yeux rivés sur l'archimage, El acheva son incantation.

Le sol de la salle s'ouvrit en deux dans un bruit de fin du monde. Ithboltar se prit la tête à pleines mains. Un tourbillon plaqua ses séides contre les murs avant qu'une explosion achève le travail.

Observant la scène depuis un balcon, Myrjala lança son propre sort... et Elminster se rematérialisa à son côté.

Tous deux regardèrent la salle dévastée. L'archimage avait été déchiqueté par l'explosion. Un de ses séides, à genoux, babillait sans rime ni raison, de la bave aux lèvres. Un autre n'était plus qu'un tas d'os et de cendres...

Les survivants cherchèrent en vain à échapper au vortex, qui, tel un cyclone, gagnait en force et en vitesse. Sous ses rugissements assourdissants, le château trembla.

La salle s'écroula dans un vacarme titanesque. L'avalanche de pierres écrabouilla les derniers survivants, comme autant de poupées de chiffons. Des geysers magiques inondèrent les profondeurs de l'édifice, avant que les flammes achèvent de tout détruire.

Les rares soldats encore en vie couraient en tous sens, traqués par la mort.

— Viens, dit Myrjala, prenant Elminster par la main.

Le cœur et l'esprit en paix, les amants quittèrent les lieux : des ruines fumantes.

*
* *

Sur les pavés ensanglantés de la cour extérieure d'Athalgard, le dernier carré de chevaliers tenait bon. Se déversant des casernes et des tours de guet, les soldats revenaient sans cesse à la charge.

— On ne tiendra plus très longtemps ! cria un homme.

— *Tenez bon, mes braves !* rugit Heaume. Même au prix de nos vies, chaque soudard que nous tuons fait un chien de moins contre Athalantar ! Hardi, mes gaillards ! Montrons-leur de quel bois nous nous chauffons !

Joignant le geste à la parole, il embrocha son adversaire suivant d'un coup formidable.

— *Où es-tu*, mon prince ? souffla Heaume.

Pour les chevaliers d'Athalantar, la fin n'était plus qu'une question de minutes.

*
* *

Le roi Belaur aimait à festoyer. Après la bonne chère, il se préparait à passer aux plaisirs de la *chair*, quand un éclair précéda l'irruption inopportune de...

Undarl, le mage royal d'Athalantar !

— Quoi *encore*, sorcier ! fulmina le roi.

— Nous sommes attaqués ! dit Undarl sur le même ton. Vous devez vous abriter, majesté !

— Qui *ose ?*

— Plus tard, sire, ne vous en déplaise ! Mais si vous refusez d'obéir, qu'à cela ne tienne : je vous occis sur-le-champ et je récupère la couronne. Elle seule importe !

Furieux, Belaur sauta de son lit, en délogeant les belles sur qui il avait jeté son dévolu, et s'empara de son épée. Un instant, il eut envie de frapper le sorcier dans le dos. Déjà, Undarl disparaissait dans un passage dérobé. En quelques enjambées, le roi le rejoignit.

Plus vif que l'éclair, le mage fit volte-face et tonna, glacial et menaçant :

— Qu'une telle pensée ne vous traverse plus jamais l'esprit, sire. Dans *votre* intérêt. (Sifflant comme un serpent, il ajouta :) Votre survie dépend uniquement de moi. Jour après jour... Souvenez-vous-en.

L'épée que tenait le roi se mua un instant en serpent.

Penaud, Belaur fit un signe de tête contrit.

Les deux hommes continuèrent leur chemin.

*
* *

— Tu sais que je dois le faire seul, dit Elminster à sa maîtresse, qui lui sourit.

— Je ne serai pas loin. Appelle-moi au besoin.

Le dernier prince d'Athalantar la salua de l'épée du Lion avant d'avancer vers le grand hall et la salle du trône, à la rencontre de son destin.

Il lui restait très peu de sortilèges. Dépenaillé, crotté, il ne ferait guère impression devant la cour. Les courtisans et les serviteurs qu'il croisa en chemin l'ignorèrent ; ils avaient l'habitude de côtoyer des soudards et des rustres déguisés en grands seigneurs.

Le prince passa la garde sans encombre. Un de ses derniers sortilèges lui pavait le chemin.

Sur son passage, les soldats restaient figés.

Il endormit les derniers, postés devant le hall, et les enveloppa d'une bulle de silence. Nul n'entendit leurs épées tomber par terre.

Le prince entra dans la salle du trône.

Tendue d'oriflammes, elle comprenait une galerie haute, aux murs richement tapissés. Le long de piliers, de l'entrée jusqu'à l'estrade, courait un tapis vert sombre.

Le trône du Cerf.

Elminster touchait au but : non la royauté en soi, mais un pays libéré d'un joug cruel. Dans la salle évoluait une foule de courtisans, de marchands, de dames et d'ambassadeurs, guettant le retour du suzerain.

Ignorant les regards curieux, Elminster se dirigea vers le trône.

L'estrade était gardée par un véritable colosse chauve, armé d'un marteau de guerre.

— Qui es-tu, gringalet ? tonna-t-il.

— Le prince Elminster d'Athalantar. Ecarte-toi.

L'homme renifla de dédain.

Elminster ouvrit sa main droite, comme pour libérer quelque chose de délicat et de léger.

Le colosse secoua la tête avant de s'écrouler.

Impavide, El contourna la montagne de muscles et s'assit sur le trône, une épée sur les genoux.

Un murmure courut dans la salle. Un éclair venu du plafond précéda l'arrivée du mage royal dans la galerie. Il était flanqué de gardes munis d'arbalètes.

Undarl Chevauchedragon fit un geste. Sept carreaux fendirent l'air vers l'impudent qui avait osé s'approprier le trône.

Frappant un bouclier invisible, ils retombèrent sur le sol, inoffensifs.

Sans perdre un instant, le mage lança un sort avant d'ordonner aux soldats de tirer à nouveau.

Elminster sentit que la magie, autour de lui, ne fonctionnait plus du tout. Rien n'arrêterait les armes de jet ou les épées.

Il bondit sur ses pieds.

Un marchand gras et bedonnant, non loin de lui, reprit sa véritable apparence : celle d'une femme mince à la peau laiteuse et aux grands yeux sombres. D'un geste, elle consuma la nouvelle volée de carreaux.

Le capitaine de la garde ordonna qu'on la tue sur-le-champ.

Une soudaine luminescence signala la destruction des boucliers magiques de Myrjala à l'instant où les soldats tiraient sur elle. Atteinte à la poitrine, la sorcière disparut.

Oubliant la prudence, Elminster courut vers l'endroit où elle venait d'être blessée.

Undarl se volatilisa alors que le prince dardait des langues de feu sur la galerie. Les soldats s'enflammèrent comme des torches, et tombèrent sur la foule de courtisans.

Les portes se rouvrirent, sous la poussée des gens qui fuyaient sans demander leur reste.

A cet instant, le roi Belaur fit son entrée. Malgré leur panique, les courtisans s'écartèrent devant lui.

L'air furieux, le monarque tenait une épée ; le mage royal le suivait...

Elminster s'apprêta à vendre chèrement sa peau.

Un duel à mort allait s'engager.

— Cette fois, tu es sur *mon* territoire, prince stupide ! exulta Undarl.

Sans gaspiller sa salive, El enferma son adversaire dans une cage ensorcelée. La manœuvre dissuada les courtisans de s'interposer.

Epée au poing, El attendait son oncle.

— Qui es-tu ? fulmina le roi Belaur.

— Je suis Elminster, le fils d'Elthryn que tu as fait assassiner par ce serpent de sorcier ! Le trône me revient autant qu'à toi !

Sur ces mots, Elminster bondit, prêt à en découdre une fois pour toutes avec Belaur.

CHAPITRE XVIII

LE PRIX D'UN TRÔNE

Quelle est la valeur d'un trône ? Souvent, une vie, quand la maladie, la vieillesse ou un coup d'épée ont raison d'un roi pour en créer un autre. Parfois, ce même trône entraîne la ruine de tout un pays. Le plus souvent, il fait couler le sang de quelques ambitieux ; en ce cas, les Royaumes ont tout à y gagner.

Thaldeth Faerossdar
Les Voies des Dieux
Année de la Chutelune

Les épées des deux hommes s'entrechoquèrent ; un tourbillon incandescent les enveloppa.

— Encore de la magie ? railla Belaur.

— Ce sera mon dernier sortilège jusqu'à ta mort, répondit Elminster.

Le métal heurtait le métal tandis que roi et prince cherchaient à porter un coup décisif. Belaur avait une forte carrure et la sauvagerie d'un loup, mais trop d'années de laisser-aller le désavantageaient. Son agresseur, plus jeune, était aussi plus léger et plus rapide. Belaur crut trop vite avoir pris l'avantage, contre un adversaire qui se dérobait, et dont le désespoir semblait augmenter à chaque passe d'armes.

L'épée du Cerf, que le roi maniait avec superbe était enchantée, chuchotait-on volontiers. El commençait à le croire. Epées croisées et bloquées, quand ils firent assaut de force brute, le jeune homme se laissa soudain tomber pour déséquilibrer son adversaire et le faucher aux jambes. La lutte devint un corps à corps. Belaur plaça une prise d'étranglement à son adversaire. El griffa en vain le bras musclé qui l'étouffait. A tâtons, il rencontra la garde de l'épée du Lion, qui ne le quittait jamais, l'empoigna et...

... Egorgea Belaur.

Sautant sur ses pieds, Elminster secoua la tête, désireux de se reprendre, tandis que le roi agonisait à ses pieds.

Le choc passé, le jeune homme constata que les courtisans restant dans la salle s'étaient pelotonnés contre un mur.

Dans sa cage, Undarl Chevauchedragon mobilisait tout son répertoire pour tenter de se libérer. Ses mains remuaient à une vitesse inouïe. Elminster entra dans le champ protégé et le poignarda à plusieurs reprises, criant à perdre haleine :

— Pour Elthryn ! Pour Amrythale ! Et pour moi... !

Sous ses coups, le corps du mage se contorsionna ; El s'écarta d'un bond. Le sang de sa victime vira au... noir !

Dans un ultime sursaut, l'amas de chair qui avait été le maître des seigneurs mages chercha à griffer son agresseur avec des mains soudain muées en serres. Son visage déformé par la douleur devint une gueule reptilienne ; une langue fourchue en sortit...

... Undarl s'écroula.

Mort ?

Sa carcasse se volatilisa ; sur les dalles ne resta qu'une flaque noirâtre.

A bout de forces, Elminster regarda disparaître son ennemi.

Le silence retomba.

Alors entra une grande dame mince, la peau laiteuse et les yeux noirs. Nimbée d'un éclat aveuglant, elle rejoignit Elminster. Les gens qui croisèrent son regard furent comme captivés...

Puis elle prit la parole.

Jusqu'à leur dernier souffle, chacun de ceux qui l'entendirent à cet instant auraient pu jurer que la dame s'était adressée à lui seul.

— L'aube d'une nouvelle ère se lève pour Athalantar. Que ceux qui étaient les bienvenus ici, du temps d'Uthgrael, reviennent avant la fin du jour. Un nouveau roi les appelle !

Myrjala claqua des doigts. Aussitôt, comme au sortir d'une transe, les courtisans se hâtèrent d'obéir.

*
* *

Bientôt, les rues grouillèrent d'hommes et de femmes intrigués qui gagnaient le palais pour rendre hommage au nouveau suzerain : un jeune inconnu au nez aquilin. Une femme se tenait près de lui. Quand la salle du trône fut bondée, Myrjala déclara :

— Peuple d'Athalantar, voici Elminster, le fils du prince Elthryn ! Il a reconquis la couronne de son père à la pointe de l'épée. Se trouve-t-il parmi vous quelqu'un pour lui contester le droit de s'asseoir sur le trône du Cerf et de gouverner le royaume qui fut celui de son géniteur ? (Seul le silence lui répondit.) Parlez, ou agenouillez-vous devant votre nouveau roi et prêtez-lui allégeance !

Devant la salle entière, Elminster laissa couler ses larmes.

Puis, comme Myrjala en avait convenu à l'avance avec son amant, elle ordonna aux bonnes gens de s'écarter ; d'un claquement de doigts, elle fit se matérialiser les vingt chevaliers d'Athalantar survivants, leurs épées rouges de sang.

— Du calme, mes braves ! lança-t-elle avec une telle force et une telle autorité que les guerriers, bien que dépassés par ce qui leur arrivait, ne bronchèrent pas. Bonnes gens, admirez ces preux, restés fidèles à leur pays. Jamais ils n'ont cessé de se battre pour le libérer du joug des seigneurs mages ! Et regardez le seigneur Heaume, un preux parmi les preux !

Elminster se leva et rejoignit Heaume, aussi interloqué que ses compagnons.

— Surpris, vieille branche ? (La gorge nouée, le chevalier acquiesça. Le jeune homme s'adressa à la foule :) Le trône du Cerf me revient par le sang *et* par le droit de conquête ! Pourtant, je connais quelqu'un de plus doué que moi pour le métier de roi ! Peuple d'Athalantar, rends hommage à ton nouveau roi : Heaume Pierrelame !

Au milieu des cris de surprise et d'allégresse, les chevaliers écarquillèrent les yeux.

Les yeux embués de larmes, Elminster embrassa le vieux guerrier.

— Mon père est vengé. Je te lègue ses terres.

— Mais... pourquoi renoncer à la couronne ?

— Je suis un sorcier, maintenant, et fier de l'être ! En vérité, j'étais né pour la sorcellerie. Je ne gaspillerai pas mon peu de patience à subir les intrigues de cour et la pompe de la royauté. De plus, je crois que ce pays a assez souffert sous la coupe des mages, justement !

De la salle montèrent des murmures d'approbation. A cet instant, Farl et Tassabra, flanqués des *Mains de Velours*, firent à leur tour une entrée fracassante. El les salua gaiement. Soupirant — comme s'il anticipait force migraines dans les années à venir —, Heaume ne put réprimer un sourire.

Une fois que tous furent agenouillés devant lui, à l'exception d'Elminster et de Myrjala, il tonna :

— Levez-vous ! Et qu'on apporte à boire et à manger à foison ! Qu'on ripaille, car mon premier décret est de faire la fête comme il se doit ! Que les ménestrels soient les bienvenus en ce palais !

Jetant leurs armes à terre, ses compagnons poussèrent des clameurs de joie. La salle entière éclata en cris de liesse.

Au bord des larmes, Elminster chuchota :

— Père... Mère... J'ai fait ce qu'il fallait.

Myrjala le serra contre elle et il s'abandonna à son chagrin.

Comme il était bon d'être enfin libre !

*
* *

Le lendemain, Elminster et Myrjala s'enfoncèrent dans les brumes matinales. Mythtyn, un vieil héraut du temps d'Uthgrael, les attendait.

Appuyé sur sa canne, il leur adressa un sourire et dit :

— Comment vous remercier encore de ce que vous avez fait pour Athalantar ? Les mots me manquent, je le crains... Mais je voulais vous saluer une dernière fois !

Myrjala lui fit un petit signe de tête.

— Merci, Mythtyn. Quelque chose te trouble... Dis-nous !

— La prophétie d'Alaundo, ma dame ! Jamais encore ses visions ne se sont révélées fausses ! Selon lui, « la lignée Aumar survivra au trône du Cerf ». Cela ne peut signifier qu'une chose : Athalantar ne survivra pas sans un Aumar pour roi... Et pourtant, Elminster, vous partez !

— Tant que je vivrai, la lignée d'Aumar vivra. Que ce pays prospère dans les temps à venir, voilà tout ce que je souhaite.

Encore troublé, le vieil homme s'inclina sans mot dire. Le couple lui fit ses adieux et continua son chemin, sous les feux du soleil levant.

— Où allons-nous maintenant ? s'enquit Elminster, une fois à l'ouest de la cité.

Ils étaient devant les ruines d'un antique mausolée.

— Malgré toutes ces péripéties, dit Myrjala, tu n'as acquis les pouvoirs d'*aucun* seigneur mage. Mais je sais où le mage royal cachait ses grimoires, ses potions de guérison et ses objets magiques, en prévision d'un revers de fortune : ici, dans ce vieux sanctuaire de Mystra.

— Est-il gardé ?

— *Bien sûr qu'il l'est, pauvre demeuré !* dit une voix dans son crâne.

Le cheval d'Elminster se transforma, le désarçonnant...

... Undarl, le mage royal d'Athalantar !

De terreur, l'autre cheval jeta Myrjala à terre et partit au galop.

La première offensive d'Undarl fut détournée par la sorcière.

— Toi qui me mets toujours des bâtons entre les roues, éructa-t-il, *meurs donc !*

De ses doigts jaillit un rayon d'énergie, qui rougit au contact du bouclier magique de Myrjala. A court de sortilèges, Elminster ne pouvait qu'assister au duel.

Aux grands maux les grands moyens... Undarl fit appel à un dragon rouge !

Mais même le feu que cracha l'immense bête ne put venir à bout du bouclier de la sorcière, qui passa du rouge à l'incandescent. Puis, dans une explosion formidable, Myrjala anéantit le monstre.

240

Tandis que des écailles et des morceaux de chair noircis volaient dans les airs, le dernier prince d'Athalantar se remit debout tant bien que mal et vit Undarl riposter avec un fouet de flammes.

Imperturbable, Myrjala prononça un unique mot. Son bouclier grandit, sous les ricanements d'Undarl, qui se transformait à son tour. Ses bras et ses jambes devinrent des tentacules armés de longues griffes rouges entourant des sortes de gueules aux dents acérées. Son visage s'étira pour devenir un horrible groin. Les piques du bouclier traversèrent le monstre sans lui causer de mal.

— Mon sortilège est sans effet sur lui ! s'écria Myrjala.

— Bien sûr que oui ! hurla le mage. Je ne suis pas un mortel de Féérune : j'arpente les plans à volonté ! Beaucoup se croient plus puissants que moi, puis tombent comme des mouches sous mes coups !

Tels des serpents sifflant de colère, ses tentacules attaquèrent la sorcière ; le monstre cracha le feu sur elle...

... Et Myrjala se consuma sous les yeux de son amant.

Fou de rage et de désespoir, Elminster se jeta sur le mage et lui larda de coups d'épée la gorge et les yeux.

Les convulsions d'Undarl le déséquilibrèrent ; le jeune homme roula à l'écart tandis que son adversaire se tordait de souffrance. Elminster lança un rayon de lumière, non sur lui, mais sur l'épée du Lion, qui servit de catalyseur.

L'éclair ricocha, amplifié, sur le monstre qui s'écroula. De son nez et de ses yeux sortit de la fumée.

Il avait le cerveau carbonisé.

Pleurant à chaudes larmes, Elminster tendit vers le ciel un poing vengeur.

— La magie entraîne toujours la *mort ! Plus jamais* je n'en userai !

A ces mots, le sol trembla ; étonné, il baissa les yeux et vit les cendres reprendre forme humaine.

Myrjala !

L'apparition se tourna vers le jeune homme :

— De grâce, Elminster..., ne raconte jamais cela ! S'il te plaît ? Pour moi ?

Les mains tremblantes, il lui toucha les épaules... bien réelles.

Il ne rêvait pas.

Elle l'attira vers elle pour l'embrasser. Puis ils restèrent longtemps les yeux dans les yeux. El comprit que c'était bien Myrjala.

— Je... promets, souffla-t-il. Tu *étais* morte... Comment est-ce possible ?

Le regard de la sorcière parut s'embraser.

— Pour *Mystra*, tout est possible.

Terrifié, il voulut s'écarter. La tristesse au fond des yeux, la déesse le retint prisonnier par la seule force de son regard.

— Il y a longtemps, tu m'as dit que tu pourrais apprendre à m'aimer.

Livide, il acquiesça.

— En ce cas, montre-moi ce que tu as appris, dit-elle.

Un feu glacial entoura le couple.

Elminster sentit ses habits se consumer comme par magie.

Les lèvres de la déesse touchèrent les siennes ; une puissance comme il n'en avait jamais connu coula dans les veines du jeune homme...

*
* *

Alanguis dans les bras l'un de l'autre, ils se reposaient à l'ombre d'un chêne majestueux.

— Maintenant, reprit Mystra, nos chemins doivent vraiment se séparer. Plus je foule Toril sous ma forme humaine, plus mon essence divine se corrompt. Myrjala est morte trois fois en te protégeant de tes ennemis : dans le château d'Ilhundyl, à ton insu, dans la salle du trône d'Athalgard et ici... J'ai besoin de champions dans les Royaumes, Elminster : des hommes et des femmes qui me serviront loyalement et qui détiendront une partie de mes pouvoirs. J'aimerais beaucoup que tu deviennes un de mes Elus.

— Tout ce que tu voudras, ma dame. Ordonne et tu seras obéie !

— Non. Tu dois y consentir de ton plein gré. Avant de parler sans réfléchir, sache que tu peux t'engager ainsi pour des milliers d'années... Pense à tout ce que tu verras périr de tes yeux... Athalantar tombera en poussière, puis dans l'oubli.

Plongeant dans les profondeurs mystérieuses de son regard, Elminster connut une absolue frayeur.

La déesse ajouta :

— Autour de toi, le monde évoluera... Mes ordres te sembleront parfois cruels ou inhumains. Souvent, tu ne seras pas le bienvenu... ou on t'accueillera la peur au ventre. Quoi qu'il en soit, je ne t'en voudrais pas de décliner mon offre, Elminster. Tu en as déjà fait beaucoup plus que n'importe quel mortel. De plus, tu as combattu à mon côté en m'accordant ta confiance en toutes circonstances, sans jamais me trahir ou chercher à m'utiliser. Je chérirai toujours de tels souvenirs.

Elminster sentit des larmes perler à ses paupières.

— Dame, de grâce... Ordonne et j'obéirai ! Tu m'offres l'amour *et* l'objectif de toute une vie ! Ce sont deux choses qui n'ont pas de prix ! Que peut-on désirer de plus ? *De grâce*, fais de moi un de tes Elus !

Le sourire de Mystra sembla éclairer le monde.

— Merci, Elminster. Aimerais-tu commencer sur-le-champ, ou préfères-tu te recueillir dans la solitude avant ?

— Sur-le-champ.

— Cela fera mal, je te préviens...

Quand leurs lèvres se joignirent, des éclairs blancs jaillirent des pupilles de la déesse pour transpercer l'humain et le transformer. Le souffle coupé, Elminster ne put même pas crier de douleur avant d'être englouti par les flammes...

ÉPILOGUE

Seule la mort est une fin. Tout n'est que re-commencement, toujours... Voilà pourquoi le monde ne cesse de se peupler. Rappelle-toi : il n'y a pas de fin ; tout est un éternel recommen-cement. C'est simple, non ? Elégant, même.

Tharghin Ammatar
Discours d'un Sage Fort Digne
Année du Heaume Egaré

Nu comme un ver, Elminster revint à lui sur une dalle glacée. De la fumée montait de ses membres. Baissant les yeux, il constata que son corps n'avait pas changé. Une ombre lui fit tourner la tête : Mystra, nue et magnifique.

Elminster lui prit une main et y posa un galant baiser.

— Merci, souffla-t-il d'une voix rauque. J'espère te servir bien. Toujours...

— Beaucoup me l'ont dit, fit la déesse avec une pointe de tristesse. Certains étaient même sincères. Mais sache, Elminster, que je crois bien plus en toi. Quand Undarl a détruit Heldon et que j'ai senti l'épée du Lion se tordre sous le souffle du dragon, j'ai jeté un coup d'œil sur ce qui se passait. Et j'ai vu un adolescent crier vengeance contre tous les sorciers... Un être plein de ressources, avec un bon fond, et des plus prometteurs. Aussi l'ai-je observé ; ses choix et son évolution personnelle m'ont plu... jusqu'à ce qu'il vienne me défier dans un de mes temples. Je savais qu'il le ferait. Là, il eut le courage et la sagesse de débattre de magie avec moi. Et j'ai su qu'Elminster deviendrait, avec mon aide, le plus grand mage que le monde ait jamais connu. El, tu m'as surprise et enchantée au-delà de mes rêves les plus fous !

L'homme et la déesse restèrent les yeux dans les yeux un long moment. Peu importe combien d'années il devrait vivre, le mage comprit qu'il n'oublierait jamais ce regard.

Puis, brisant le charme, elle l'embrassa sur le bout du nez.

— Va à Cormanthor et apprends les rudiments de la magie.

— Les rudiments de... ? Qu'ai-je donc fichu jusqu'à présent ?

— Même en sachant qui je suis, tu oses encore me parler ainsi ! Je t'aime pour ça, El... Une fois à Cormanthor, chez les elfes, deviens l'apprenti d'un de leurs archimages.

— D'accord.

— Mais pour l'heure... la nuit nous appartient !

— Je repousserai le sommeil aussi longtemps que je pourrai.

Avec un tendre sourire, nuancé de tristesse, Mystra traça un geste complexe dans l'air.

— Plus jamais tu n'auras besoin de dormir...

POSTFACE

Elminster partit peu après pour Cormanthor... Il y séjourna douze ans et apprit son Art auprès de multiples enchanteurs. Il leur cacha l'étendue de ses talents, ne les révélant qu'à un petit nombre d'élus. Quand Cormanthor devint Myth Drannor, Elminster lança les sortilèges les plus impressionnants de l'Histoire des Royaumes.

Ainsi entra-t-il dans la légende.

Antarn le Sage
Extrait de l'*Histoire des Archimages de Féérune*
publié l'Année du Bâton

Retrouvez les héros des grandes sagas des Royaumes avec

LES ROYAUMES OUBLIÉS
LE JEU DE RÔLE

Un monde d'aventure et de magie pour les règles avancées de Donjons & Dragons ®

JEUX DESCARTES
1, rue du Colonel Pierre Avia
75503 Paris cedex 15

liste des Relais Boutiques Descartes sur le 3615 DESCARTES

LISTE des MAGASINS PARTENAIRES
PASSION Jeux de Rôles

FRANCE

13 - BOUCHES DU RHÔNE
CRAZY ORQUE SALOON
11 rue Jean Roque, 13001 Marseille
Tel: 91 33 14 48

LE DRAGON D'IVOIRE
64 rue Saint-Suffren, 13006 Marseille
Tel: 91 37 56 66

21 - CÔTE D'OR
EXCALIBUR
44 rue Jeannin, 21000 Dijon
Tel: 80 65 82 99

25 - DOUBS
CADOQUAI
7 quai de Strasbourg, 25000 Besançon
Tel: 81 81 32 11

31 - HAUTE GARONNE
JEUX DU MONDE
Centre commercial Saint-georges, 31000 Toulouse
Tel: 61 23 73 88

33 - GIRONDE
LE TEMPLE DU JEU
62 rue du pas Saint-Georges, 33000 Bordeaux
Tel: 56 44 61 22

34 - HÉRAULT
EXCALIBUR
8 rue Cauzit, 34000 Montpellier
Tel: 67 60 81 33

LIBRAIRIE DES JOURS MEILLEURS
8 promenade Jean Baptiste Marty, 34200 Sète
Tel: 67 74 86 99

35 - ILLE-ET-VILAINE
L'AMUSANCE
Centre commercial des Trois Soleils,
35000 Rennes
Tel: 99 31 09 97

38 - ISÈRE
EXCALIBUR
18 rue Champollion, 38000 Grenoble
Tel: 76 63 16 41

44 - LOIRE-ATLANTIQUE
BROCÉLIANDE
2 rue J.-J. Rousseau, 44000 Nantes
Tel: 40 48 16 94

51 - MARNE
EXCALIBUR
9 rue Salin, 51100 Reims
Tel: 26 77 91 10

54 - MEURTHE-ET-MOSELLE
EXCALIBUR
35 rue de la commanderie, 54000 Nancy
Tel: 83 40 07 44

57 - MOSELLE
LES FLÉAUX D'ASGARD
2 rue Saint-Marcel, 57000 Metz
Tel: 87 30 24 25

59 - NORD
ROCAMBOLE
41 rue de la Clé, 59800 Lille
Tel: 20 55 67 01

67 - BAS-RHIN
PHILIBERT
12 rue de la Grange, 67000 Strasbourg
Tel: 88 32 65 35

69 - RHÔNE
LE TEMPLE DU JEU
268 rue de Créqui, 69007 Lyon
Tel: 72 73 13 26

74 - HAUTE-SAVOIE
VIRUS
13 rue Filaterie, 74000 Annecy
Tel: 50 51 71 00

75 - PARIS
TEMPS LIBRE
22 rue de Sévigné, 75004 Paris
Tel: (1) 42 74 06 31

GAMES IN BLUE
24 rue Monge, 75005 Paris
Tel: (1) 43 25 96 73

76 - SEINE MARITIME
LE DÉ D'YS
160 rue Eau de Robec, 76000 Rouen
Tel: 35 15 47 46

86 - VIENNE
LE DÉ À TROIS FACES
35 rue Grimaud, 86000 Poitiers
Tel: 49 41 52 10

87 - HAUTE-VIENNE
LA LUNE NOIRE
3 rue de la boucherie, 87000 Limoges
Tel: 55 34 54 23

94 - VAL-DE-MARNE
L'ECLECTIQUE
Galerie Saint-Hilaire
94210 La Varenne Saint-Hilaire
Tel: (1).42 83 52 23

EUROPE

SUISSE
AU VIEUX PARIS
1 rue de la Servette, Genève 1201
Tel: 41 22 734 25 76

DELIRIUM LUDENS
Rüschli 17/CP 677, CH 25 02 Bienne
Tel: 41 32 236 760

BELGIQUE
CHAOS
Galerie Gerardrie, 4000 Liège
Tel: 32 41 212 920

Les Magasins **PASSION** Jeux de Rôles
sont des spécialistes des jeux de rôles,
des jeux de plateau et des wargames,
demandez-leur le catalogue.

Bulletin d'abonnement

Tous les deux mois
vous découvrirez des reportages
vous présentant des univers imaginaires
comme s'ils étaient rééls …

À renvoyer à DRAGON® Magazine, 115 rue Anatole France, 93700 Drancy

----

BULLETIN D'ABONNEMENT
(à remplir en majuscules)

Nom _____ Prénom _____

Adresse _____

_____

Je m'abonne à DRAGON® Magazine pour un an (6 numéros) au prix de :

❏ 175 FF seulement (au lieu de 210 FF au numéro) pour la France métropolitaine,

❏ 200 FF pour l'Europe (par mandat international uniquement)

❏ 250 FF pour le reste du monde (par mandat international uniquement)

Je joins mon chèque au bulletin d'abonnement et j'envoie le tout à
DRAGON® Magazine, 115 rue Anatole France, 93700 Drancy

Achevé d'imprimer en avril 1997
sur les presses de Cox & Wyman Ltd
(Angleterre)

FLEUVE NOIR – 12, avenue d'Italie
75627 PARIS – CEDEX 13.
Tel: 01.44.16.05.00

Dépôt légal : mai 1997
Imprimé en Angleterre